京华石榴栽

鲁京 著

北方文艺出版社

·哈尔滨·

图书在版编目（CIP）数据

京华石榴栽 / 鲁京著. -- 哈尔滨：北方文艺出版

社, 2025. 5. -- ISBN 978-7-5317-6598-1

Ⅰ. I267

中国国家版本馆CIP数据核字第2025NE6933号

京华石榴栽

JINGHUA SHILIUZAI

作　者 / 鲁　京

责任编辑 / 富翔强　　　　　　　　　封面设计 / 邓小林

出版发行 / 北方文艺出版社　　　　　　邮　编 / 150008

发行电话 / （0451）86825533　　　　经　销 / 新华书店

地　址 / 哈尔滨市南岗区宣庆小区 1 号楼　网　址 / www.bfwy.com

印　刷 / 三河市中晟雅豪印务有限公司　开　本 / 710毫米 × 1000毫米　1/16

字　数 / 150 千　　　　　　　　　　印　张 / 15.5

版　次 / 2025 年 5 月第 1 版　　　　　印　次 / 2025 年 5 月第 1 次印刷

书　号 / ISBN 978-7-5317-6598-1　　　定　价 / 69.80 元

成熟的果子（代序）

认识鲁京先生是在2017年秋天，在一次朋友的晚餐聚会上。那时他还没有进入文学圈子，或者说尚处于寻觅文学之门之时，长相清秀、谦逊有礼的一位青年。话虽不多，但只言片语皆有分量。他的朋友邀请他参加这次文友聚会，也许就有拉他进圈这层意思。席间，我们聊得极其投缘。散场后，出门，没有月亮，我们就着路灯，继续聊天。方知他在一家保险公司的总部工作，且担任要职。文学方面，他说自己喜欢读书，每年要读数十本文学名家的书籍，只是还没在文学期刊上发表过作品。由于是第一次相见，不知就里，于是鼓励他一番，让他写出满意的作品，随时给我投过来。

谁知，他的第一篇小说，就让我惊奇不已。

我始终认为，文学包括艺术，需要勤奋，更不可少的是天赋。打一个不太恰当的比方，一只雄鸡，即便怎么勤奋训练，也只能飞上树梢，飞到屋脊上，这是它的极限高度。而鹰，哪怕是雏鹰第一次展翅，也是翱翔，上天赋予它的，是辽阔的苍穹。

我觉得，鲁京是那种鹰一样的作家。

大概一个星期吧，就收到他的第一篇中篇小说，五万多字。鲁京在扉页上，也写下了几句话，说，由于第一次写小说，不知写得怎样，让大哥见笑了。说了许多客气话。我选稿的习惯，一般是前边读一部分，中间读几页，结尾再读些。觉得不错的稿子，再从头看起。

他的这篇《邻村的双杨树》，写的是乡村爱情故事，我从第一行起，就没抬头，一口气读到底。真的吃惊。这哪是新手的作品啊！一股清新脱俗的气息扑面而来，又好似一碗嚼劲独特、清香扑鼻的手拉面，每一口都能感受其细腻而又有力的口感，回味无穷。于是在《中国金融文学》杂志上，破例地一次性刊发。后来该小说在参评金融文学奖时，我写的评语是："这篇小说用最质朴的语言记录了一段最纯真的青春恋情，没有华丽的辞藻，也没有文学创作的技巧，这是一篇用真挚情感书写出来的清纯小说。"

一出手，就写出令编辑喜悦的小说，这不是天赋，又是什么！

如若不然，他怎么能在之后不足七年的时间里，实现从业人十几年，甚至几十年才能达到的文学目标呢。自2018年到现在，他每年以发表二十多万字的速度前行。先后完成了历史题材《风雨狮子庙》和都市题材《浅夜》两部长篇小说，多篇散文作品被国家级刊物录用，有的还被《作家文摘》《读者文摘》《青年文摘》等报刊转发。同时，他个人以过硬的条件，先后加入中国金融作家协会和中国作家协会，并担任中国金融作协副秘书长和北京金融作协秘书长等职。

如此成果，仅是他用业余时间实现的。他的本职工作是一家保险集团公司的高级管理人员，端的是金融业务的饭碗，现已离京担任省级分公司总经理之职。毋庸置疑，他不光具有文学的资质，而且在事业上亦勤奋有加。

文学之路，有多种走法。尤其半路出家的行业作家，大多数人先从蹒跚学步开始，进而磨炼成长。而鲁京，一出道，就是奔跑，带着呼呼风声的那种奔跑，活脱脱一个文学猛男。他的成长，也好比一个昼夜就能蹿高一米五到两米的巨龙竹，打破了人们寻常的认知。

如果说短短的几年，鲁京由文学青年一般青涩的果子，不经意间，成长为游刃有余、纵横捭阖的作家的话，那么，他的这部《京华石榴栽》将是他文学生涯中，又一颗饱满成熟的果子。同样令人惊喜。

这部散文集，共收录了这几年他创作的近六十篇散文作品，多数已经见报见刊。这本书内容题材相当广泛，包括叙事、抒情、写景、哲思、回忆、游记、人物、生活等多个侧面，就像一桌丰盛的满汉全席，南北大餐，值得期待。

他将自己的生活感悟，对人对事的看法，或是无数个触动柔软心灵的瞬间，经过思想的过滤、沉淀、升华，幻化成真诚的倾诉，奉献给读者。宛若太阳透过密林，洒在嫩绿的草尖上的那一束阳光，给人以慰藉。当人们感到孤独、迷茫或者喜悦时，这束阳光便成了一种自我疗愈的方式，帮助读者释放情绪。

这是我初读这本集子的第一感觉。

这本书，不仅是鲁京生活经历的描摹，更是他对人生的深刻思考，让人在字里行间找到了一份久违的平静与感动。这里，不妨摘录《泉韵曲水亭畔》的一段，予以赏读。

抬眼望去，一条翠绿的曲水，如青蛇一般蜿蜒在古街的左侧。绿草浓郁，清水潺潺，漾涤思绪，拨弄心弦。岸的一侧有几户人家，户门上贴有红色福字，开门遇河。门开了，穿着红裙子的女孩，提着小桶走出来，河边并没有栏杆，她沿着台阶就能走到河边，轻轻一舀，就提起了满桶清水。望见对岸的人举手给她拍照，却看到她的脸上飘过了一丝红晕，脚下也快了，很快就闪进福门里去了。泉边人家的日子，似乎离不开这潺潺的流水，洗衣、做饭、烧水、待客，伸手可得，倒是方便得很。有的门口还放了摇椅，几把凳子，竹子编的小桌，桌上一壶一碗。夏日的傍晚，温热还没褪尽，主人斜躺在摇椅上，扇着一把大蒲扇，抿一口清茶，哼着小曲，也许只有这样的自在，才不枉为泉的主人。

读罢这段文字，忽然联想到一幅细腻温婉的水墨画，抑或一张生动宁静的摄影作品。确实，鲁京植入了摄影中常用的平面直观的表现手法，将人物、景物，将情感，以真实、简洁、静态的形式展现，却蕴蓄了丰富的内涵，这也是鲁京散文特有的艺术风格。这样的风格，完全得益于鲁京的另一个艺术身份，那就是摄影家协会会员，他是一位颇有艺术成绩的摄影家。他搞摄影的日子，远远长于他的文学创作。他善于使用画面来叙述关注的对象，用拍摄手法来讲述一个个精彩的故事。每一个章节，甚至每一个字句，都是一帧帧精心捕捉的画面，在定格时光的瞬间，却又连缀成文字的记忆。它不仅仅展现了一个简洁、静态的场景，更是通过文字的节奏与情感维系，让人犹如置身于那段被记录的时光之中。此外，也不难看出，鲁京扎实的文字功底和驾驭语言的能力。

如此风格，在他这部散文集中，处处可见。

《京华石榴栽》分六个专辑，即在·路上、漂·京城、思·人生、读·精品、念·亲情、记·闲情，每个专辑如同一张张精美照片组成的画卷，缓缓地铺展。

"在·路上"，记录了作者行走于世间，对自然、对社会、对生活的独特感悟。无论是山川湖海，市井小巷，还是一粥一面、一汤一水的生活点滴，都能触动心灵的琴弦，引发思考与探索的情绪。"漂·京城"，则展现了人们在繁华都市中的生活状态与心路历程。"思·人生"，通过对生活的观察与体验，青春、爱情、婚姻、操守、理想，提炼出对人生价值的独到见解。"读·精品"，以独特的视角和敏锐的洞察力，解读了文学作品的精髓与魅力。"念·亲情"，则回忆了亲人之情、师生之情、同事之情、朋友之情，哪怕是故乡的一砖一瓦，过年飘出的馒头香气，都在作者的追溯之中，描绘了深厚的情感，以及带来的温暖与力量。"记·闲情"，则是作者对七夕节、对职场、对爱情的感悟，对逝者的追忆，以及友情的记述，展现了丰富多彩的生活情趣与文化追求。

我觉得，《京华石榴栽》是一本值得阅读的好书。它如同枝头饱满的果子，蕴含着岁月的甘甜与智慧的光芒。愿这果实的馨香为朋友们带来心灵的慰藉，愿鲁京先生在文学创作的路上，不断步入新的天地。

是为序。

龚文宣

2024 年 12 月 1 日 于北京门头沟永定河畔

龚文宣，江苏人，中国金融作家协会原常务副主席，《中国金融文学》常务副主编，代表作有《新银行行长》《金融流水》等。获全国金融系统首届"德艺双馨文艺工作者"荣誉称号，中国作家协会第九次、第十次全国代表大会代表。

目　录

第一辑
行·路上

第二辑

漂·京城

第三辑

思·人生

第六辑

记·闲情

第一辑

行·路上

这一路上，走走停停。看风景，看人情，看世界，不断记录着，不断思索着。旅途中的点点滴滴，铭刻进思想里。青春的愿望一个一个，或者被实现，或者一直在奋进的征途上。

你好九月

九月的美好，应该感谢那个炎炎的夏日，没有比较，哪里有这份美好。在九月，你随意张望，满眼都是秋的味道，天清气朗环绕，风轻云淡相随；一阵凉风吹来，浸入肌体，透彻的爽朗。尤其是再下一阵淅沥的小雨，那树叶开始微黄，落到地上变成了淡淡的忧伤。在凄雨冷风中，仿佛看到了一个披着霓裳的姑娘，慵懒地斜躺，头枕着夕阳，眯着眼睛遐想。

浪漫的九月，适合走一走古街古巷。踏在泛着青苔的石板上，随意地游荡，青瓦白墙记录着历史的沧桑。隐约间，牵着白马的词人，轻蹄路过身旁，低吟浅唱，再一眨眼，墨色已然跃上了白墙，"薄雾浓云愁永昼，瑞脑销金兽。佳节又重阳，玉枕纱厨，半夜凉初透。东篱把酒黄昏后，有暗香盈袖。莫道不销魂，帘卷西风，人比黄花瘦"。落款处的词人画像，眉头微蹙，带着一丝暗暗的秋伤。潺潺流水不知从哪里就冒了出来，波影里翠草浮动，随意地摇晃。溪底的鱼儿，晶莹剔透，若是不动，仿若就是路边低头烧琉璃的师傅，手中绕啊绕，不经意间就绕出的鱼儿。你扒在石栏上直直地望它，那晶莹的玩意儿抬头和你对视了只一下，"嗖"的一声就不见了，仅望见了那簇慌乱的翠草。回过神来，沿着溪流，伴着水流的哗声，感受着初秋的诗意，继续向前，便见到了小石桥，还有打着油纸伞的少女，袅袅而轻巧地溜达。这时，一丝丝牵挂竟来到了心上，轻叹流逝的时光，还有那些不断错过的梦想。垂柳立在路旁，乱拂的丝绦肆意地拂在脸上，挠动着青春，扰乱了心房。幸亏一汪清泉突然就映入眼帘，惊喜了遐思，让淋漓的流水去浸泡忧伤。水色墨绿，一眼便望到了泉的胸膛，那些枕头大的锦鲤们在追抢。望见水潭，流水不再动，风也轻了，闹市中的宁静竟然种在了这里的水中央。仔细看看，泉底丝丝缕缕的争涌，竟然来到了溪流的源头上。坐在一旁的石凳上，静等明月的升起，待那皎月沉入泉中央，抛一石块下去，击碎了粼粼波光，惊散了鱼儿，也惊醒了岁月的梦乡。

柔情的九月，这时却又想起了大海，真的不应该，却又忍不住。九月的大海比以往更加的蔚蓝，那是天之蓝的颜色。抬眼望去，一望无际的起伏，在天水连接处，是久未上岸的大船，还有摇动着彩旗期盼回家的船员，九月是个想家的季节。与波涛汹涌的大海相比，最喜欢海的港湾，宁静而温暖。就在那个湾角处，是一排排睡了的小船，蓝色、黄色，还有紫色，静静地依靠在岸边，一阵秋风吹来，仿佛是妈妈的摇篮，有节奏地荡来荡去，摇篮曲的音乐是岸边钓鱼的大爷，轻声哼出的音调，在呼唤着鱼儿上岸。那只白色的小船，像个青春的少年，蹦蹦跳跳，就是不肯靠岸，时而闹，时而沉思，不紧不慢。问它高兴什么，它并不回答，闭起眼睛回味，回味白日里摇桨的那对情侣，还有那些让人听了脸红的情话。再看天上的云彩，白得实在不像话，一簇一簇地悬挂在天上，倒影在轻柔的海水里，像大个的水母随着波浪在游泳，那招摇的姿态，曼妙的身材，不知冲向哪里来的游客，炫耀着九月的大海。落日把蔚蓝漂染成赤色，随后又变成金黄，赤脚踩在沙滩上，慢慢地走进水里，温润滑腻，稍有凉意，却不似夏日的浓郁。旁边拖着泳圈的孩子，迎着泡入水中的夕阳，尖叫着去拥抱海浪，究竟是一种怎样欢快的心情？若是仲秋留在了九月，那是更佳的好了，那句"海上生明月，天涯共此时"的诗情就从纸上飘落下来。天上明月照，海涛身边涌，就这样地走在湿润的木栈道上，倾听海浪的声音，举头望着皎洁的月亮，你会向谁寄相思呢？这时，若是有个跑团的姑娘从身边跑过，一定要一把拉住她，用手指指天上，再指一下海里的霓虹，给她说："停下来吧，看看月亮，一起迎着海风慢慢地向前走。"我想，她一定会满口答应的。

美好的九月，你还能想起哪里呢？对了，辽阔的草原怎能缺少这美好的九月呢。漫山遍野的绿色，连绵起伏的草甸子，在白云下面驰骋的马儿，打滚撒欢的羊群，还有那摇动着鞭儿的牧羊姑娘。离开了七月的风沙，八月的炙烤，九月的安详才是草原的性格。一辆砂红的吉普车轰隆驶来，拖着高高的尘土，那开车的汉子，音量开到最大，使劲地把油门踩到了底部，这里没有阻挡和羁绊，可以尽情地撒野。在大海边，蓝天可以把大海染蓝，而草原上的天空不一样，在青草的反射下，晴空万里的蓝天，云的颜色是多彩的。草原上的风是随意的，望见骑马的男女，便要追上去，掀起女孩的裙子，吹散她满头的秀发，引来了女孩爽朗的笑声，还有男孩带着醋意的呵斥。草原的雨，更是自由，像个到处巡视的农场主，背着手驾着彩云游来荡去，望见哪里的青草干枯，便用手里的水壶漫天地喷洒。一阵阵凉风细雨，在九月的季节，那满眼的青色开始变得多彩起来，草变金色，树叶是红的，还有紫色的小花，加上奇幻的晚霞，宛若走进了凡·高多彩的油画里。月亮还是升了起来，红色吉普车的灯光亮了，安静的天路好漫长，远远地望去，那天幕上正上演着一幕幕彩云追月的故事，故事里有万马奔腾的气势，也有层林尽染的画布，还有那对策马扬鞭的少男少女，驰骋在九月的草原上。故事讲完了，夜也静了，枕着马头琴的悠扬，渐渐地进入了梦乡。

九月就这样褪下了年少的青涩，穿上了时尚的红裙子，换上了那双白跑鞋。沿着古镇的清流，心念着草原和大海，慢慢地走着，仲秋的月亮，跟着她的脚步，默默地又轻轻地紧拽着她的裙子，拉出来长长的影子。在转弯的拐角处，抱着吉他的小伙子，正动情地哼唱着赵雷的歌谣："分别总是在九月，回忆是思念的愁，深秋嫩绿的垂柳亲吻着我额头，在那座阴雨的小城里，我从未忘记你。"

　　我的九月，没有什么美好比你还美妙。

心的港湾

不知道从什么时候开始，只要看到有小船停泊的港湾，心里就涌出一份莫名的感动。或许是漂泊太久了，总想像一只渔船一样静静地停靠在港湾里，如跑倦了一天的孩童，回到了妈妈温暖的怀抱，才能安静地睡去。

偷闲的几个浮日，我去了一座红砖碧瓦的海滨小城，寻到了一座从落地窗就能望见港湾的小房子，满心喜欢，便毫不犹豫地住了下来。好奇怪，坐在窗边，看着港湾里的那些小船，心就静了。

大清早，在睡意蒙眬中醒来，舒服地张开双臂伸一个懒腰，脖子轻轻抬起，深深呼吸一口海的味道，再慢慢睁开眼睛。光着脚丫踩到松软的地毯上，来到窗帘前，轻轻一拉牵着梦的软绳，缓缓地拉开了剧场的序幕。

一幅五彩斑斓的油画展现出来。油彩亮晶晶的，像一抹湛蓝的碧镜，不知被哪位神仙打磨得如此平整，飘着白烟的货轮镶嵌在镜子的中央，白红相间的塑料浮标，忽闪忽闪地点缀在蔚蓝的镜面上，像小孩脸上的红痣，若隐若现，可爱又俏皮。抬眼远眺，隐约看到港湾的另一边是船运码头，那些装卸货物的大吊车吊臂直插云间，像海市蜃楼，从天上一直忙碌到人间。一簇簇棉花般的白云飘挂在天上，东边放一朵，西边放一朵，下面的镜子里同样对称地摆放着，也是左一朵右一朵。根本分不清哪些是地上的，哪些是水下的。"呜呜"悠长而遥远的汽笛声，惊醒了呆滞的目光。镜子上的货轮竟然轻轻地奔跑起来，再看那平整的镜面，竟然也轻轻地泛起了涟漪。那东一朵西一朵的白棉花在镜子下面也晃动起来。天哪！这竟然是神笔马良涂抹的油画。

回到屋子的厅堂里，墙上是一壁摆满书籍的书橱，还散发着浓浓的墨香。煮一杯不放糖块的黑咖啡，拿一本书，斜躺在靠窗的沙发上。望着那幅油画般的港湾，静静地品啜那杯苦涩，轻轻地，一小口小口地，慢慢地，那苦咖啡就变成了甜味。书是余秋雨写的游记，江河湖海，天南地北，跟着作者上了窗外那艘货轮，满世界去漫游，感受上下五千年的文化，记录五彩缤纷的生活。眼睛累了，就抬起头看看窗外。刚才蔚蓝的一片，此时却变成了深绿，像奶奶手指上的宝石，绿得深邃。太阳跳进了水里，在绿宝石上荡起鱼鳞状的片片波光。这时再低下头来，又一次走进余秋雨的世界里，像是换了一种心情。

杯中的咖啡不觉中早已喝光，书，也翻了大半。站起身子，活动一下，动动筋骨。倚在窗子边上的栏杆上，抓起俄罗斯产的望远镜，把远处的大吊车拉到眼前，戴着七彩安全帽的工人们，红漆艳艳的集装箱，被他们有规律地摞起了积木。晶莹的汗珠子在紫红色脸庞上奔跑着，洁白的牙齿展露着欢快的心情，从镜头里传递过来，又洒落到眼前的港湾里。

不远处的沙滩上，是一群光屁股的孩子，追逐打闹着，一会儿用沙子扬撒着彼此，一会儿又冲进那些如果冻般深绿里，掀起一片片的浪花。镜头搜了几遍，却不见大人的影子，是谁这么大胆，让孩子们在海边嬉戏。这时，碧波却传来了悄悄的耳语声，他们都是大海的孩子，在妈妈的身边才会这么欢快。举着望远镜的手垂下来，就放下了远方的喧嚣，只留下眼前的宁静。真实，其实不在望远镜里，而是在心境里，因为嘈杂和安然一直都在，而你可以选择视而不见。

此时，站在窗边的你，最遗憾的是，恨自己不能做一个画家，白白浪费了这满眼的风情。其实，只需要一块白色的画布就可，按照眼前的色彩抹上油漆就好，随便地涂几下，便是最好的艺术品，在佳士得的拍卖会上，一定会有懂生活的艺术家为它一掷千金。

站累了，窝在沙发上。眯一会儿，却睡着了。梦到了大船、海军服、白色的海鸥，还有那些追逐着蓝色的五彩梦。

醒来的时候，阳光躲进了云彩里。那些在天上无忧无虑飘来飘去的小精灵，那些本是洁白无瑕的棉花簇，却不知得罪了何方妖孽，被无形的刷子蘸上灰颜料在胡乱粉刷。厚厚的粉底实在托不住，就裂开了一道口子，藏在云上面的千军万马，就从裂口处倾泻了下来，万箭齐发。正在午睡的宁静港湾，一下就从梦里惊醒了。但是，她并不惊慌，却大方地伸开双臂，把那些离弦的孩子揽入怀中。镜面上无声无息却绽放出千朵涟漪，仔细看去，又似那些怀里的孩子调皮地吹起了泡泡，又听到了他们乐滋滋的笑声。天上的妖怪气得呜呀乱叫一番，最后无计可施，灰溜溜地带着刷子卷着风逃走了。港湾温柔地笑了，绿毯上的褶皱被熨斗抚平，又恢复了刚才的安宁。

傍晚的夕阳飞了回来，白云披着霓裳也追着跑出来，漫天飞舞。像是到了甘肃的敦煌，婀娜的飞天仕女，美得让人窒息，从壁画里飘到了港湾的上空，穿梭在天际和碧波里。港湾也被浸染了颜色，天海又成了五彩的画布。那些刚刚跳入的“泳人”，泳帽和泳装都变成了彩绘的图案。

天暗下来的时候，港湾却开始变热闹了。一艘艘卸下满满收获的渔船，落下高傲的白帆，从远处踏着细微的浪花，列着战队回家了。打头木船上的红旗还在呼啦啦地迎风招展，而站在船头的汉子，被海风涂抹了黝黑的面容却没有丝毫的疲倦，带着憨憨的微笑向岸边的妻儿打着招呼。船舶归到港湾，就回了家。把缆绳绕在自家的桩子上，头挨着头，身挨着身整齐地排列着，有只调皮的小船趁大家不注意悄悄地漂了出去，在湾的中央随意地荡来荡去。夕阳没入海里，泛起片片金黄的波影，宽厚的港湾拥揽着劳作一天的孩子，微微荡起水面，温柔的摇篮让一切都安静了。

"月下飞天镜，云生结海楼。"刚读完李白的诗句，月亮就升了起来，望见那些未睡的白云，追赶着，把它们一个个塞进港湾的被窝里。不一会儿，星星们又跑了出来，眼睛一眨一眨的，羡慕地望着那些躲在港湾里熟睡的小船。相互挤着眼睛，却不敢大声地说话，生怕吵醒这些港湾里的孩子。港湾的夜色是寂静之美，它收纳了嘈杂和熙攘，让万籁都寂在这里。港湾的夜色是休养之美，它把一天的疲惫和焦躁抚平，让岁月在此躺平。夜色只有在海的港湾里，收敛起羞涩，露出娇柔的身姿和妩媚的妆容。港湾进入了梦乡，夜也睡了。

海边房子里的灯光还亮着，从窗子里望出去，明月已经挂到了海的正中央，却看到了天上一个，港湾里一个，已经分不出几个月亮，也分不出哪个是天，哪个是海。远处的海浪随风潮起潮落，岸上的车流灯光闪烁。其实，世间的一切都还在忙碌着，无数颗驿动的心依然激情澎湃着，而只有船的港湾才是心应该停泊的地方。只有这里，一切都被感动着。

把酒杯里的酒一饮而尽。此时什么都不想，只觉得，这样的日子才算是真正想要的日子，若是如此这般一直慢慢地老去，也是值得的。

泉韵曲水亭畔

北方以水著称的城市不多，济南因坐拥七十二名泉而誉满天下，被称为"泉城"，实属难得。号称"天下第一泉"的趵突泉早已闻名遐迩，"四面荷花三面柳，一城山色半城湖"的诗句，说的是大明湖和千佛山。济南的城市方圆不大，三个景点挨得不远，都在市中心，一天多的时间便可游完。三个景点游过后，发现泉不过是向外奔涌的三股水而已，湖不大，也看不到传说里的夏雨荷，海拔不高的千佛山竟然寻不见一尊佛。所以游过的人，总会乘着兴致来，带着遗憾归去。

友人到济，我从不推荐去世人皆知的三景点，而是推荐去一个叫"曲水亭街"的地方转一转，我认为那里才是济南最纯正的景，济南最真切的魂。

曲水亭街在大明湖景区的南门对过，街的名字好记，以亭而得名，亭以水而命名，水以曲而著称，词句连起来就是曲水亭街。《老残游记》里记载济南的"家家泉水，户户垂杨"就是这里。郑板桥书写的"三椽茅屋，两道小桥，几株垂柳，一湾流水"诗句，说的也是这里。曲水亭街是条已有千年的历史古街，据传北魏时期就有记载。著名景点大明湖的南门对面是它的起点，自北向南一条被古今游客踩得光滑圆润的青石板路，两侧杨柳青青，游人络绎不绝。入口的东面有一汪清水，名曰"百花洲"，四周也是垂柳成荫，万千丝绦摇曳进水影里，引来簇簇锦鲤追逐戏水，嬉笑游弋在荷塘月色里，别有一番风情。石板路的右侧是一仿古的六角凉亭，想必是"三椽茅屋"的遗址，亭上有匾额隶笔"曲水亭"，两侧书有"荷香送爽棋声韵，曲水流觞雅士情"的楹联，一句诗文把整条街的景色情致都浓缩进曲水亭子里了。

过了百花洲的"百花桥"，就闻到清脆悦耳的溪流声飞了过来。抬眼望去，一条翠绿的曲水，如青蛇一般蜿蜒在古街的左侧，绿草浓郁，清水潺潺，漾涤思绪，拨弄心弦。岸的一侧有几户人家，户门上贴有红色福字，开门遇河。门开了，穿着红裙子的女孩，提着小桶走出来，河边并没有栏杆，她沿着台阶就能走到河边，轻轻一舀，就提起了满桶清水。望见对岸的人举手给她拍照，却看到她的脸上飘过了一丝红晕，脚下也快了，很快就闪进福门里去了。泉边人家的日子，似乎离不开这潺潺的流水，洗衣、做饭、烧水、待客，伸手可得，倒是方便得很。有的门口还放了摇椅，几把凳子，竹子编的小桌，桌上一壶一碗。夏日的傍晚，温热还没褪尽，主人斜躺在摇椅上，扇着一把大蒲扇，抿一口清茶，哼着小曲，也许只有这样的自在，才不枉为泉的主人。

河的对岸是商铺。老城故事照相馆的招牌很大，占了十字路口的两层小楼，沿街的玻璃橱窗里，摆着几样老物件，有马蹄灯、西洋闹钟，还有大号的收音机，相框里发黄的老照片，一排排地罗列，记载了泉城的沧桑岁月。热闹的是那些散发着诱人香味的小吃招牌，无论大人小孩都会停驻不前，济南老油璇、杠子头锅饼、高粱饴、老酸奶这些外地人没听说过的美食，光闻着味道就能令人垂涎欲滴。交了钱，在大街上抓在手里，边走边吃边逛。这时候，许多小巷子就冒了出来，墙上挂着巷子的名字，听名字就文雅，起凤桥街、贡院墙街、涌泉胡同，名字把巷子描绘得诗情画意。不像北京的胡同的名字俗气，什么鸦儿胡同、胭脂胡同的，听着就下道。在这里，你随便拐进去一个，都可能找不到来时的路，像魔法森林一般令人着迷。而汩汩的溪流也像捉迷藏的儿童一样，随时会冒出来，一会儿又不见了。巷头巷尾的地方，冷不丁会看到石板围着的小池子，探头可见清澈到底，水泡不断地涌出。在手机里搜索位置，竟然发现周围有众多有名的泉眼，芙蓉、双忠、泮池、腾蛟……济南七十二名泉都有它们的名字。

在曲水亭街区的巷子里转来转去，并不寂寞，条条有奇观，处处景不同。小巷子有的短，走几步就能到头，有的长，汗水淋漓也踱不到头；有的窄，两人挤过去都要侧身；有的宽，可以开进一辆汽车；有的直，一眼能看到尽头；有的曲，走进去需要拐几次才能出来。在巷子里走着，青砖灰瓦的四合院排列陪伴，数百年的青石板路油光可鉴，若是有细雨淋漓，碰到一个穿白衬衣、蓝裙子，打油纸伞的姑娘，仿若穿越到了民国年代，韵味浓郁十足。

在这些巷子里七拐八拐地走，一个碧绿的大宝石突然横空降落在眼前，令人吓了一跳，甚至有些人会尖叫一声，会被这突如其来的美色给颤住了。只见一个四四方方的大池子，清澈透明又深不见底的一汪潭水，静静地熟睡在四周满是青色，用古砖垒砌的院子里。串串气泡如散落的大珍珠般翻腾着涌上来，却没有发出任何的声响。岸边的房屋阁楼倒映进水里，水面把建筑分成水上水下的宫殿，夕阳照耀下并没有彩色可反射，更像一幅墨色的山水国画，立体地矗立着，淡雅而清韵。仔细看池子旁边的碑文，才知道这里就是七十二名泉里著名的"濯缨泉"了，此泉旧时在济南德王府的院内，因而老百姓称其为王府池子。一个王府的大院子就浮现在脑海里，这里究竟埋藏了多少历史的故事，令后人去琢磨。

看完王府池子，沿着小巷子走出来，就听到了熙熙攘攘的人潮声，一条满是游客和叫卖声的古街就跑了出来。这样，不知不觉中从泉城人家的小巷子，便走进了济南有名古街"芙蓉街"，街道因芙蓉泉得名。这里与曲水亭街宛若两个世界，像是从天堂直接掉到了繁华的人世间。芙蓉古街有四五百年的历史，商贾云集，生意兴隆。只可惜的是，如今的古街千篇一律，小吃和手工品雷同复制，新建的和遗留的建筑刻意混在了一起，新不新旧不旧的，风韵也不再犹存，分不出好坏了。

所幸芙蓉街并不长，没几步就走到了尽头。这时候才发觉，"没有比较就没有鉴别"这句话在这里很应景，这嘈杂就是为了衬托巷子里的那份清净而生的。不喜欢热闹的人，在芙蓉街上走几步就烦了，毅然地让自己转身，重新钻回那些细细的小巷里。

爱屋及乌

海子说，他想有座房子，面朝大海，春暖花开。如今，我也心动了，心心念念想拥有像海子所说的那样的一座房子。

面积不需要大，两室两厅八九十平方米就好。给孩子留一间，相聚的时候可以住在一起。

最好有个院子，能种点花花草草。摆两把能晃动的防腐木做的摇椅，傍晚可以看夕阳，夜晚可以看月亮。下雨的时候，撑一把太阳伞，在伞下可以沏一壶茶，听着雨打在遮阳布上，说说熟悉的往事，八卦一些听来的奇闻逸事。在院子里，能看到海最好，或者远处有连绵起伏的山峦也行，实在不行，前面有个水塘也好。一楼若是潮湿，就要带阁楼的顶层吧，四周清净，目光辽远。

装饰能简单就简单，但是千万别像《大冰的小屋》，虽雅却陋，水泥地又太生冷。木地板吧，纯实木的，铺设只选带龙骨的那种老把式，我喜欢踩上去咯吱咯吱的响声。客厅就不要了吧，如今没几个人来串门，若是来了朋友，就请他在餐厅的桌子上喝茶就行。不用担心，能到家里来的，都是不在意的人。

进门这间最敞亮的屋子，一般人家用当作客厅的，我们偏不做一般人家。墙壁一定不用软包壁纸，更不用装饰背景墙，把两面墙都做成书架，世界名著一面墙，中国名著一面墙，下面留上两层，放自己写的书和杂志，若是有空闲的地方，自己复印几本填满它。地面中间放个实木长桌子，能写字、能画画，还能喝茶，哦，对了，屋子不大啊，就放个板桌，能推拉伸缩的，功能灵活一些。沙发就不要了，弄几个软椅子，扔地上几个大大、软软的懒人沙发，里面装满棉花的那种，可躺可卧，可趴可坐，怎么舒服怎么来。

电视也不要了，弄个自动升降的影布，挂个投影仪就行。音响要曼哈卡顿的或者BOSE（博士）的，音质一定要好，看书的时候听听音乐，烦的时候，看看大片，关上灯像在影院，打开灯像咖啡馆的感觉。

窗子要擦得亮亮的，阳光可以透过来。没事时，可以摆弄摆弄相机，暖色调最养眼，也最能出片。书房可当背景，卧室也可以。飘窗上摆些带颜色的小物件，若是找不到，南瓜、玉米也行，要擦拭干净，像假的一样也没事，做照相的道具就行，这样也无需聘模特了。

你或许说，这要求够多的吧。这是底线，不能再少了，毕竟活了大半辈子，还是有点要求的。咱不买别墅和大平层，除了没钱的理由外，再找个借口就是，太大了不好打扫，雇人又太乱腾。面积小点有好处，八九十最好，再小点也行，但是不能低过七十吧。若是羡慕大房子了，就去朋友家转转，发发感慨再回来。若是朋友笑话我们的房子小，就别和他来往了，门不当户不对的，确实也没啥可聊的。

屋子的名字我已经起好了，就叫它"爱屋及乌"。万事俱备，现在只缺钱啦！

印象西塘

　　很早就想到古镇西塘看一看，上次到上海开会因时间紧张未能出行留有遗憾，这次时间倒是从容，便欣然前往。上海坐高铁到嘉善火车站仅二十分钟，然后打一出租，十五分钟左右便到了古城的入口。科技进步，不知是为了环保，还是节省，售票处不卖纸质票，直接把身份证植入信息，就成了门票，好担心被植入跟踪器的感觉，拿着证件看了许久。拖着行李进了古城，白天人特别少，庆幸自己拥有了一个闲暇幽静的周末。南方古镇必定有水的，西塘的河面挺宽阔，不时有摇橹船穿过，比绍兴的乌篷船大得多，沿河边的青石板路走，路基不平整，拖箱子的声音很大，叫醒了在河边摇椅上眯睡的大爷。

　　静的古宅，动的流水，夕阳的一抹红落到河道中，微风荡漾让那抹朱砂似的红，犹如油彩涂成的画一般。鱼儿也漫无目的地游荡，不时地翘起脑袋向游人观望，惊得路边的人停下脚步，张着口伸着手指喊"鱼，鱼，好多的鱼！"调皮的男孩儿则去寻找那路边的石子扬手丢了过去，那群仰头的鱼儿却早不见踪影，过了一会儿又悄悄从另一边露出眼睛，好像司空见惯一般。

西塘的水多桥自然也多，隔不了十几米便有拱桥立于水面，样子却不同。百度后得知，几乎每一座桥的背后都蕴藏着悠久的历史和感人的故事。其中著名的有卧龙桥、五福桥、送子来凤桥、安境桥等。其中卧龙桥最壮观，站在桥中央可看到古城的四方，在夕阳下拍一下楼阁的剪影，美得让人艳羡。"送子来凤桥"是三孔石板桥，传说建桥时正好有只凤凰飞来而得名，不得其解，总感觉这名字有送走儿子来了闺女的意思。

船是运输工具，更是一番景色，这里的船很少用马达，或为环保，更是为了留下那份记忆，传承那份古老。船过石板桥，摇橹人潇洒地挥动船橹，不带有丝毫的犹豫，从一个世界穿梭至另一个世界，周而复始，日复一日，脸上的笑容和热情的召应，看不到一丝的厌烦。

小镇的店和其他地方没有多少区别，却比别处要和谐得多，优雅小资与江南水乡的搭配，要比雅致在北方要舒服得多。夜幕降临，华灯初上，那色彩便斑斓起来。

吃住玩，难以断舍离；前店后院是这里的标配，若是阳台在水边，价格自然也高了不少。傍晚时分，人们好似约好一般，从后院的客栈里涌了出来，不一会儿便挤满了沿河的石板路上，叫卖声开始不绝于耳。

咖啡馆设计得温馨别致，人却少得可怜，来这里本来是求休闲的人，客栈里临水的阳台，一壶两盏泡了一下午，出门来却不舍得再进这般雅致店里，生怕重复了光阴一般。临街的店面不少叫作"雅阁"的屋子，让我一下明白了日本本田的那个牌子，简直是暴殄天物。

音乐不知从啥时候起，声音就大了起来，前面的街道也躁动起来，光柱从玻璃窗子里扔了过来，眼睛没有时间闪躲。门口的热情招呼声跟了过来，来吧来吧，这里满足你一切的欲望！

仅从窗子里望去便是一片迷乱，乐队的主唱早已进入疯癫的境况，这是绝对的投入，不是表演。

　　抓紧离去，这里不属于我。

　　喧闹的另一面，是刻骨的宁静，喵星人伸展着懒腰，奇怪对岸的喧嚣。

腐乳的诱惑

十二岁之前没见过豆腐乳这东西，但是听说很好吃。

村里邻居家的爷爷做牲口买卖，走南闯北的见识广。一日傍晚，来我家串门喝茶，邻居家爷爷与我父亲谈天说地，聊他去外地遇到的奇闻逸事，风土人情。他说曾经在一个朋友家里品尝到一种非常奇怪的食品，是豆腐放臭长毛后做成的，切成一小块一小块地密封在瓷坛子里面。放两个月后汤汁的颜色变成血红的，似鲜艳的血泼洒在上面一样，瓤子是黄黄的，像小孩画画用的蜡笔涂出来的亮黄色。吃的时候，用筷子挤一豆粒大小，抹在玉米面饼子的尖上。那红里透着黄的颜色就像画家手里的染料一般，油彩连同鲜香的味道让饼子瞬间就充满了诱惑。轻轻地咬在口中，慢慢而细细地咀嚼，悄悄地咽下去，香甜可口又滑溜溜的，它顺着舌尖下到食管，整个过程令你回味悠长。此时，在邻居爷爷绘声绘色的描述中，那刺嗓子眼的玉米饼子，简直比过年吃的白面馒头要好吃过百倍，在不知不觉中就把大半个饼子咽到了肚中，甚至连饼子上那块焦煳的皮也舍不得丢掉，连同抹着的香料一起吞了下去。邻居爷爷说，这东西简直就是人间美味，等下次倒卖牲口赚了钱时，一定买几罐回来，过年过节走亲戚时带着张扬一下。

在没见过豆腐乳之前，脑海里它的样子一直是邻居爷爷口述的模样。在我的印象里，豆腐乳像是一小块蒸熟的南瓜，黄澄澄金灿灿，放进嘴里，蜜汁流淌，香酥可人。

十二岁上初中要住校，学校在离家二十里外的镇上。那个年代，学生每周都要自带干粮和咸菜去学校。家境好的，带的干粮是白面馒头，家里穷的，干粮是玉米面的饼子或窝头。咸菜却几乎是一样的，都是白萝卜放进腌菜缸里，用盐水浸泡的，颜色或黑或青，味道只有一个，就是咸。那时候，炒菜是奢侈品，学校里只有在老师的食堂才能见到，有时在校园里能闻到，但是能品尝到的是极少数的人。萝卜咸菜，才是多数学生的三餐主菜。那时，年纪小，爱活动，正是长身体的阶段，也是"半大小子，吃死老子"的时候。往往还没到周末，多数人从家里带的那罐子咸菜就吃了个底朝天，吃饭的时候就剩了手里攥着的干粮。家里贫穷的学生只能忍一忍，咽着白水去啃干粮，脸皮厚一点的就去尚有余粮的同学那里去蹭咸菜，只有熬到周末时，才能回家补充咸菜。那些家里有点钱的学生，咸菜吃没了，就会去镇上十字路口的咸菜铺里去买。能吃上咸菜铺里的咸菜的学生，就是富裕户的象征，脸上洋溢着自豪，会昂着头走路。

镇上的咸菜铺，在集市的十字路口处，是用木头钉成的小屋，下面还有四个胶皮轮子，虽然春夏秋冬都没有见它挪动过地方。小屋有个不大的门，还有个敞亮的窗子，窗子的门平日里大开着，从远处就能看到里面摆满了各色的塑料盆。走近了去看，不同的盆里摆放着各式各样的咸菜，有白萝卜、胡萝卜腌制的，也有榨菜、大蒜、油豆角、鬼子姜腌制的，有整个的，也有切成片，剁成丝的，酸甜苦辣咸，五花八门，琳琅满目，色味俱全。独有窗子最里面的那个盆不是塑料的，而是个青瓷盆子，盖子敞开着，整齐地排列着一块块方状食物，娇滴滴红艳艳的，像是刚涂上去的红油漆一样鲜亮。这时，邻居家爷爷描述的神奇美物就浮现在脑海里了，再去看那盆中的方块，我一眼认定这就是传说中的整日心心念念的豆腐乳了。

坐在小木屋里的男子是咸菜店老板，一双木制拐杖斜躺在窗子边上。他看人时从来不是正视，脖子始终歪着，模样倒是白净，据说是小儿麻痹症导致的。但是咸菜店的老板脑子转得飞快，算账找零不需要打算盘，说话也利索。

窗口一戴鸭舌帽学生模样的正探头探脑挨个盆看，鼻子差点蹭到咸菜上。

"看什么看？把地瓜脑袋缩回去，舌头快掉咸菜上了。"

"腐乳，多钱一块？"急忙缩回去的"鸭舌帽"问。

"六分一块，一毛两块。"屋里人没抬头，手里用塑料绳开始编网兜。

"五分一块卖不卖？"

"一边凉快去，不卖！"屋里的人抬了抬头，歪着脸瞪了鸭舌帽一眼。

鸭舌帽看了看站在旁边不敢吱声的我，用手捅了捅我的胳膊，"咱俩一起买，咋样？各省一分钱。"

"好。"我不假思索地答应着，随手从怀里掏出早已准备好的五分钱递给了他。

"来两块，我俩一人一块。"鸭舌帽神气地拿着一角钱冲小木屋里喊道。

屋里的人盯了他一眼，满是狐疑地看了又看他，然后又冲我凝视了一会儿，这才伸手过来接我的玻璃罐，又满是厌恶地把鸭舌帽的铝饭盒也拽了过去。屋里人用手从墙上的筷子笼里取出一双筷子，用毛巾使劲擦了几下，小心翼翼地伸进青瓷盆里，夹起一块红艳的小方块轻轻地放到玻璃罐里。抬头望了一眼鸭舌帽，低下头去在盆里寻了一块小一号的方块，放到那个铝制饭盒里面。然后，把用过的筷子在桌上盛着清水的小铁桶里涮了涮，继续用毛巾使劲擦了几下，重新放进墙上的筷子笼里。

"能否加勺汤啊？"鸭舌帽看了看饭盒，又看了看店老板，声音不大不小地问了一声。

屋里人抬眼看了他一下，停顿了几秒钟，拿起在墙壁上挂着的不锈钢小勺，在瓷盆子的边上轻轻挖了一下，迟疑了一下，把勺子递到我的玻璃罐前，歪歪地一斜，鲜红的汤汁就沿着玻璃罐的瓶壁流了下去，遮盖了玻璃瓶的半个底部。

屋里人把勺子放在清水里晃了一下，又用毛巾去擦。

"那个铝饭盒，也来一勺。"

"两块，就一勺。"屋里人并不抬头，继续擦拭着勺子。

"别啊，那是他的，我的还没有呢。"鸭舌帽的腔调里没了刚才的神气，语气里多了些乞求。

"两块就一勺。"屋里人说着把勺子挂到了墙上。

"刚才我看见来的那个长辫子女生，就买了一块，你咋给了她两勺汤呢？"鸭舌帽有些急了。

"卖给你，就是一勺。"

"你喜欢长辫子，怪不得你头歪呢，原来心眼也是歪的！"

"你再说一遍！"屋里人歪着头盯着他。

"不给我加汤，就是歪脑袋！直不起来！"鸭舌帽说完，看见屋里人斜着的脑袋一下子竖了起来，而且已经用手去拎那双斜躺在窗边上的拐杖。鸭舌帽见状感觉情状不妙，匆忙端起自己的铝饭盒，撒丫子就跑了，边跑嘴里还边骂着歪脑袋。

离开咸菜铺，我双手端着玻璃罐轻步走在低矮不平的土马路上，小心翼翼地把瓶口放到鼻腔处闻了一下，一股奇怪的清香飘了出来，这股清香竟然与记忆里甜瓜的味道有天壤之别，更加勾起了我要尝一口的愿望，忍不住把手指头伸了下去，油油腻腻的，又松软黏糊，戳了一点点把手指拿出来，指尖上红红黄黄的煞是好看，伸出舌尖轻轻地舔了一下，竟然是咸的！豆腐乳竟然是咸的！而且不是南瓜的味道。但是，这咸里带着香气，是一种从未尝过的，未曾预料的，想也想不到的味道。

从家里带来的馒头已经在教室的房梁上放干裂了，放在食堂的蒸笼里加热后，变得松软而温和。按照记忆里邻居爷爷的动作，用筷子在玻璃罐子底的豆腐乳上轻轻戳了一下，筷子尖上挑了玉米粒大小一块，均匀抹在还冒着热气的馒头上面。红黄的腐乳就镶嵌在了白白的馒头上，仿佛皇冠上顶着一块金灿的红宝石，进到嘴里，馒头与腐乳就自然地融为一体了，酥甜与咸柔交织在一起，形成了天然绝配的佳肴，闭上眼睛反复地咀嚼，口舌生津，余香回甘，回味无穷。

"哎哟，买豆腐乳了啊。"旁边的同学看到了，露出了一副谄媚的嘴脸。

"嗯，只买了一块。"我悄声地回应了一句，像是警告，也是哀求。

"我尝一点。"他拿了一块馒头，奸笑着走了过来。没想到却引来了群，眼神都聚焦在我的玻璃罐上，仿佛深夜里一群冒着绿光的狼眼。

"你应该向卖咸菜的多要两勺汤的。"一位来晚了的同学，拿着整个的饼子悻悻地说，眼神却没离开那只比狗舔的还要干净的玻璃罐，带着无限的遗憾，嘴里不住地埋怨着。

多年以后，见到餐桌上盛有豆腐乳的玻璃罐，总能想起这段有趣的往事，见到两鬓渐灰的同学，总是要提起他当年用馒头蘸豆腐乳汤的表情，开怀大笑后，总能看到笑出的片片泪花。

近两年体检时血压升高，大夫提醒说，不能再吃盐分高的食物了，尤其是咸菜一类。我悄悄去问大夫，这豆腐乳是否可以吃，这可是我的命。大夫笑着说，要少吃，血压高也是人命关天。唉，人到中年，开始惜命了。但是看到心爱的豆腐乳，总还是忍不住要吃上几口。后来，为了管住自己，尽量少吃。但是进了超市后，结账时，总会发现有一罐豆腐乳会自己躺进购物车里不肯出来。

在别人看来，一块豆腐乳没有什么值得怀念的，其实我也纳闷自己为何对豆腐乳有这么浓重的情结。周敦颐在《爱莲说》里表扬"莲"像君子，"出淤泥而不染，濯清涟而不妖"。我文笔粗拙，写不出对豆腐乳的赞扬。但是，二三十年以来，酱菜店里的豆腐乳，依然躺在青瓷盆子里、玻璃罐子里，没有华丽的包装，没有浓妆的遮掩，却数十年保持着不变的容颜，始终如一的口味，这不正是一个人内里最优秀的品质吗。它不分贵贱贫富，可以在农村的三餐饭桌上，也可以在五星级酒店的餐厅里。贫贱不移，威武不傲。就像一位历经沧桑的中年人，"腹有诗书气自华"，无惧岁月，与时俱进，不随波逐流，又保留着传统，这难道不能与周敦颐的"莲"相媲美吗！

呜呼，不说了。我承认是这香艳的豆腐乳诱惑了我，我甘愿做豆腐乳的俘虏！

摸神仙，捉鸣蝉

大家都知道敬神仙、拜神仙。而在我的老家，每年到这个季节都要去村外面去摸神仙。

别人的神仙都是在庙里，而我们要去树林里、沟堰上、土堆旁，还要带着手电，拿着小铲子，猫着腰盯着地，不断地抬头看着树干上，才能摸到神仙。

可能你已经猜出了，我们这里的神仙，不是你认为的神仙，而是你见过，也捉过的一种昆虫。在你们老家，这种昆虫可能叫马猴、知了龟、马虎、哨钱牛、爬杈……在我见过的昆虫里，属它的名字最多，甚至一个地方一个叫法，也可能一个地方有多种称呼。蝉蛹是它的学名，长大了叫作蝉，也叫知了。在所有见过的名字里，我觉得我们老家人给它起的名字最好听，最大气。因为它会变化，所以叫它神仙。

抓蝉蛹在我们那里叫摸神仙。因为神仙白天不会出门的，只有太阳落山后，天黑下来才从地面钻出，模模糊糊看不清楚，用摸这个词比抓要准确。摸神仙是个技术活，需要带着手电、铲子等工具。要认真仔细地寻找，看到洞也不要盲目地去抠，多数洞都不是，弄不好抠出个屎壳郎一类的东西，吓你一跳。有经验的人，看到那种洞口很小且不规则的，用手一抠，洞口马上会变大，便看到了蹲在洞里的神仙，一摸一个准。从洞里向外拉神仙也需要技术，要灵巧地拽它，最好让它顺着手力爬上来，若是轻轻去碰它，它感觉到危险就会向后缩回去，它的洞穴可能比较深，没有铲子，就寻不到它了。若在洞口用力去拽它，它的四肢会紧扒着洞壁不出来，容易把四肢或者身子拽断，实在是可惜了。每当把一个活生生的神仙从洞里拉出来时，心里会莫名地激动一下。用手举着神仙，冲着一起来的伙伴总要炫耀上一句，"我摸到了一个！"欢快之后，弯着腰，低着头，亦步亦趋地向前，继续寻找下一个猎物。等到天完全黑下来，大家就不再看地上的小洞了。按照时辰估计，这些神仙多数都已经出洞，开始准备上天了。怎么上天呢，首先要爬树。神仙是会选树种的，那种臭椿树、柏树等有味道的树种是它们比较讨厌的，在地下就离得远远的。而果树、柳树、杨树等树皮多汁味道甘甜的树种是他们的最爱。不过当捉它们的时候，也就有了目标，去那些味道好的树种前寻它即可。晃着手电筒，一棵一棵树搜寻，总能看到它们在树干上努力向上攀爬的身影，当看到刺眼的手电光时，它预感到了危险，赶忙地爬到树影的背面去了。

神仙在地下黑暗的洞穴里要待两三年的时间，有的甚至需要十多年潜伏期。据说在地下靠吸食树根的汁液，才能一点点地长大。待到时机成熟时，就会拱出洞口，爬到外面邻近的树干上、庄稼上、草丛里。到了一定高度，神仙开始准备变身。先找到一个合适的位置，望望四周，确定没有危险后，憋住一口气，在自己的后背上努力张开一个裂口。我想，这个应该是最痛苦的时候，但是为了成长，再苦再痛都要去忍耐。直到把铠甲里那个柔弱的身子，沿着开口的缝隙向外挤了出来，才终于大功告成。这个动作并非一气呵成，需要数次努力才能成功，其中的艰辛痛楚只有神仙自己知道。但是神仙不愧为神仙的称呼，刚刚还是穿着金铠甲、挥舞着大刀的英雄，却突然变成了一个白嫩柔软，弱不禁风的小姐。变出来的新面孔与原模样完全不一样。但是稍过几分钟后，翅膀展开，身体由白色逐渐变成了灰黑色。它回头看了一眼刚刚褪下的金色外套，有些恋恋不舍，但是转身望了望天空，抖了抖翅膀就飞走了。自此以后，神仙就变成了蝉。所以对于神仙来说，羽化成仙是它追逐的梦想。目标实现了，就要追寻下一个目标。

蝉飞走了，去了哪里？其实，第二天就知道了，高高的树干上趴着黑乎乎的它，此起彼伏的蝉鸣声不绝于耳。谁能相信，昨晚还是只能在地面挪爬的蛹，今天却变成了高高在上的蝉。但是它始终记得它是神仙，早晚都会飞上树梢，攀上高枝，摘取更高的目标。树梢上传来一阵阵的歌声，那是雄性的蝉鸣，它的鸣叫，唱响了整个树林，也带来了夏日的狂欢。它的歌唱不仅是为了欢乐，还是为了那位在一旁默不作声含情脉脉的雌蝉。蝉音悠扬，树林里到处充满了爱的影子。开花结果，爱情就有了结晶。此时的雌蝉，会认真挑选那些最有营养的树枝，选好位置后勤奋地在上面打孔，然后把可爱的卵轻轻地放进树干里，让树枝里的营养液喂养它们的孩子成型。当树枝的营养被蝉的孩子喝干后，就会断落下来，掉到松软的泥土里，孩子们从树枝里钻出来，爬进泥土里，开始了它的神仙之旅。特别说明一下，雄蝉和雌蝉在完成传宗接代的任务后，在不到半个月的时间，就会老化而死去。它们的一生，活在阳光灿烂的日子里，虽仅有短短的十几天，忙碌而充实，积极又浪漫。其用情专一，高调示爱，委婉浅唱，此情此景最值赞颂。可谓是，"黑夜凄凄几春秋，忍痛脱壳不说愁；引颈高唱情一曲？未曾悔过短白头"。

少不更事，摸过神仙，也捉过蝉。当时并没有考虑过神仙的感受，更不懂蝉的爱情。捉蝉比摸神仙更难，因为蝉总是在树梢上高唱，稍有惊吓就展翅飞走，没有工具根本无法捉到它。小时候的智慧足够多，我们发明了多种捕蝉的工具。找一根细细的竹竿，在竹竿的顶部粘上一块用水和好的面团，顺着蝉鸣去寻找，看到它时，让面团悄悄靠近，在蝉尚未弄懂靠近它的是何物时，面团已经黏住了翅膀，身体动弹不得，束手被擒。还有一种捕捉方式效率更高。在竹竿的顶部拴一铁丝做的圈，上面套个网兜或者塑料袋。看到蝉后，直接扣了过去，蝉受惊后连忙起飞，却恰好飞进了网兜里，算作是强迫地请君入瓮了。还有更聪明的小伙伴，竹竿的顶部拴个铁丝圈，先去树林里寻个完整的蜘蛛网蒙在圈上，再去用网黏蝉。还有的人将绣花针捆到竹竿顶部，直接用针去叉蝉。现在想来，场面血腥，不忍直视。

有一种场面盛大的捕蝉方式，估计多数人不知道，我们小时候做过一两次，记忆十分深刻。夜色降临，树梢上的几只单身的雄蝉仍不知疲倦地唱着一成不变的歌谣，让燥热的夏日变得更不安分。大人们拿着马扎，坐在街头巷尾处，摇着蒲扇讲着村外村里的故事。小伙伴们你追我赶地在暗夜里捉迷藏。不知被谁提议，去树林里点火捉蝉吧！此时会一呼百应。离家近的小伙伴跑到家里的灶膛里取来了一盒火柴，其他的人就去寻找落在地上的那些干枯树枝。有人还去到场地里拿了一把柔软的麦秸秆。一切物料准备就绪后，找到树林中叫声最多的那些树中间的空地上，把树枝木柴堆在一起。拿火柴的小伙伴，趴在地上，拿出一根火柴，"嚓"的一声点亮，先把柔软的麦秸点着，塞进柴火堆里。干枯的树枝遇到火苗，发出了咔咔的欢叫声，火苗蹿出来，四周就全红火了。"赶紧去踹树！"一声令下，大家四散到火堆旁边的树下，抬起小脚丫死命地去踹那些碗口粗的树干，树上的鸟受到惊吓扑棱着翅膀飞走了。那几只刚刚还在叫唤的蝉，和那些默不作声的蝉也受到了惊吓，但是它们并不飞走，而是忽闪着翅子直接向着亮光俯冲下来，全是一些奋不顾身的样子。飞到火堆里时，它们才明白，这里并非天堂，而是个火坑。羽翼烧着了，冒出一股呛人的焦味，它发出了最后一声哀鸣，便在火里长眠了，过早地结束了本就短暂的一生。或许因为点火容易发生火灾，抑或这种捕蝉方式太血腥。大人们开始出面训斥，阻止了这种行动，后来便很少发生。

对神仙的感情，还不仅仅在于捉它的乐趣，还因为它是饭桌上的一道美食。小时候摸了神仙回来，用清水洗净后，撒上咸盐，放进罐头瓶里慢慢地腌制起来，等到来了客人的时候就炸上一盘，作为招待贵宾的佳肴。如今的餐厅里，"炸金蝉"成为一道名吃，黄澄澄金灿灿，放到口里，酥脆香甜，是一种上等的酒肴。其实，最好吃的还是农村的味道，在缺油少粮的年代，不舍得用很多油去炸着吃，而是在锅底放少许油，把神仙倒进去，用勺子摁压煎制。这样的做法，肉味鲜美，脆酥有加，更有嚼头，煎着吃比炸着吃的味道更加可口。

等神仙变成了蝉后，蝉的味道就不好吃了。但是蝉却带来了美好的诗意和禅味，"明月别枝惊鹊，清风半夜鸣蝉""倚杖柴门外，临风听暮蝉"。蝉给文人带来了情愫，给军人带来了"金蝉脱壳"的三十六计。蝉还带神意，著名的取经人唐僧，他的名字就叫金蝉子，又叫金蝉长老。蝉意代表了坚忍不拔，追求真理的精神。因而有人说蝉代表了长寿，因为吃了唐僧肉会长生不老。

其实，蝉蛹和蝉都是害虫，它靠吸食树枝和树根里的汁液生存，容易形成林害。但是，它们也为人类提供了美食，还带来了美丽的诗意。无论蝉的本身，还是我们称作神仙皮的蝉蜕，也即金蝉脱壳的壳，都是著名的中药材。《本草纲目》里说，"蝉，主疗皆一切风热证。古人用身，后人用蜕，大抵治脏腹经络，当用蝉身；治皮肤疮疡风热，当用蝉蜕。"所以，神仙和蝉带给我们的都是美好。

如今钢筋水泥的大都市里，偶尔才能听到几声蝉鸣。摸神仙和捉鸣蝉早已变成了遥远的往事。那份快乐也随着年龄增长正在逐渐地消失。人生漫长，多数人过得平淡无奇，碌碌无为。倒不如这神仙的一生，虽短犹荣。在黑夜里忍饥挨饿地潜伏，逃离黑暗便努力攀高，脱掉铠甲涅槃重生。为了爱情，高调发声。悲歌一曲为红颜，即使死去也无憾。神仙的一生虽然短暂，但是它活得通透，活得潇洒。它的身体和躯壳是有价值的，它的灵魂是有意义的。

我赞美神仙，赞美鸣蝉。

方便面的味道

这些年，走南闯北，确实吃过不少好东西。然而，就在节前火车站候车室里等车的时候，却被小卖部的一面红墙所吸引。这面墙是由一排排整齐的红烧牛肉面盒子堆砌而成，没有雕饰，没有缝隙。守摊的大姐满脸生硬的表情，与那红墙极不和谐。然而，一股浓浓而又熟悉的味道正悄悄钻进鼻腔。原来旁边一位斜挎编织袋的大叔，正端着一盒方便面在"嘶溜嘶溜"地向嘴里递送，表情逍遥而悠然。香味使人垂涎欲滴，更使人情不自禁。我还是迎着小卖部大姐的一脸严肃，快步走过去买了盒方便面。斜挎编织袋的大叔抬头看着我手里的盒面，脸上露出了同行的笑容，朝着开水间的方向冲我努了努嘴，嘴角上还挂着半根方便面，"开水在那边"，我冲他点了点头，却没有了立即要吃的欲望。

20世纪80年代初，我所在的农村还没有方便面，在辽宁随军的小姨带着两周岁的表弟回老家探亲，亲戚们欢聚到姥姥的家里。临近中午的时候，小姨将盛满白水的搪瓷小锅放置在蜂窝煤炉子上面，一会儿的时间，锅盖被翻滚的热水催促得叮叮当当乱响，她从行李箱里拿出一包红绿颜色包装的东西，用手轻轻撕开锯齿状的袋子边缘，露出一块色乳黄，细线弯曲缠绕，状若烧饼的东西，小姨轻轻拽出它，投放到翻滚的搪瓷锅里，又从袋里取出一粉末小包，撒在波涛汹涌的沸腾中，顿时，一股浓浓的清香浸入口鼻，诱得一旁凝视的我口水顺着嘴角直流。我清楚记得，那是表弟的独享午餐，或许是一包太少，也或许小姨没注意到在一边直咽口水的外甥，所以数十年过后仍然记忆犹新。

20世纪90年代初，我在省城济南上大学，学校旁边有条街道，专门向学生批发零售生活用品和食品。方便面是里面的主角。人分三六九等，方便面也不例外，也分三个档次：散装，袋装，盒装。散装的方便面因为便宜，就成了农村学生的挚爱，圆圆的一个个摞着裸露在破纸箱子里面，像一盘盘弯曲的蚊香，五毛钱一个，买十送一。装在大塑料袋里，能吃半个月。袋装面是可以满足虚荣心的，偶尔买几袋改善生活，八毛一袋，口味比散装的感觉要好很多，尤其是"龙丰"牌三鲜伊面，汤里还有虾皮，煮面的时候一定要多加水，否则面汤不够同学们抢。至于碗装的方便面，简直就是奢侈的象征，只是看到过、听说过它的味道，根本没机会去品尝。毕业两年后的某一天，一位女同学恰巧出差到我工作的地方，中午一起吃饭，问她想吃什么，她坚定地跟我说："看到你，就想来一碗盒装的方便面加火腿肠。"看着她吃得津津有味的样子，我才恍然大悟，方便面的魅力比我的魅力要强得多，当初为何不买碗盒装方便面给她。

上班后有了工资，碗装方便面虽然不再奢侈，但随着加班和出差的日子渐多，方便面依然是陪伴的佳肴。20世纪90年代末的一年，我所工作的银行连续加班二十几天，单位免费提供的晚餐是盒装方便面和火腿肠，办公室的同事们一起开水泡面。有了方便面，觉得加班也是一件开心的事。但是没过几天，屋里面连续弥漫着浓浓的康师傅方便面调料的味道，抱怨便多了起来，其他同事开始自带晚餐，拒绝吃泡面，他们看到我一直在津津有味地吃泡面，都开始皱起了眉头，并且劝道："这东西吃一两盒便罢，吃多了伤胃。"那时，我没有理睬胃的感受。多年后想起那段时光，依然觉得吃方便面是一种享受。

就在前不久，媒体报道了一篇新闻，高铁上有人泡方便面吃，惹怒了一位中年妇女，两人吵架的视频被人发到了网上，竟然引起了一场全国性关于吃泡面的争论，结果是后来也没什么结果。这时我才明白，方便面并非所有人都喜爱。

写完此文已至夜深，肚子开始"咕咕"地叫唤，打开厨房里的橱柜，看着满满的一柜红盒方便面，熟练取出，撕开、浇水、盖上，用塑料叉别住开口处。然后坐在沙发一角处，看着那一缕缕的味道从面碗开口处的缝隙间袅袅升起。

茄子情缘

把朋友惹急眼了，他说我就是一个茄子。

到现在我也不明白，这句话究竟是什么意思。我照了照镜子，难道我像茄子一样难看，还是如茄子一样好吃？猜不透。

如今，我把这句话当成了褒奖。因为我喜欢吃茄子，最拿手的菜就是干烧茄子。想当年，一位七十多岁的大学教授吃过我烧的茄子后，赞不绝口，称赞这是他几十年来吃过的最好吃的烧茄子。我笑而不语。当时烧茄子的手艺还不成熟，十次有七次糊，还有两次生。这一次刚刚好。

有大学教授的称赞加持，此后，我烧茄子的技术在朋友圈里名声大振，也就成了众所周知的茄子先生。每每有厨艺展示的机会，都会有人说，请茄子先生隆重登场。说句不谦虚的话，即使米其林餐厅的厨师，也不一定比我烧的好吃。因为吃过的朋友，都是这样说的。

小时候，村外面有二分地是自家的小菜园。每到周末放学，都要被奶奶赶着到菜园子里，从河里去提水到园子里浇菜。虽不情愿干活，但是满园子都是诱惑。西红柿、黄瓜、甜瓜自然是边浇水边享的口福。就连韭菜、白菜、香菜等蔬菜也经常被抓了塞进嘴里。奶奶拿着树枝，追着佯装打我，现在想起来，边跑边吃的滋味倒是蛮幸福的。整园子里的菜，只有那些垂挂着的那些紫皮茄子，没有被啃过，或许因为它们长得可爱，才免于遭殃。数年后，有朋友说，他小时候就爱吃生茄子。我问他生茄子也好吃吗？我咋不知道。他神秘地说，刚摘下来的茄子，吃第一口没味道，但是会越嚼越香甜，味道就像棉花糖一样。听他这么一说，着实为小时候在菜园里没品尝茄子可惜了一阵子。后来，在厨房里咬了一口刚买的茄子，仔细地嚼了嚼，又吐了出来，发现并没有像朋友描述的那般香甜可口。

我做干烧茄子的厨艺还是有基础的。当年奶奶最拿手的菜里面，就有一道是油拌茄子。每次在大灶的铁锅里做饭，锅底熬着玉米粥，馒头、饼子放在蒸笼上，中间留有一块空地，奶奶把茄子切成薄片，一片片在蒸笼里摆放整齐。最中间放一个搪瓷大碗，碗里放少许花生油、酱油，还有葱姜蒜末。我坐在柴火堆旁，把风箱拉得"呼啦啦"响，火苗从炉膛里伸出一大截，一会儿工夫锅就开了，玉米粥又稠又黏，茄子和干粮也熟透了。用筷子轻轻把茄子薄片夹到一个大青花瓷碗里，用凉水冲洗变冷。拿毛巾垫着把烫手的调料碗从锅里取出来，把调料泼倒在茄子片上，再加些芝麻酱，在大碗里使劲地搅拌。碗里的茄片被搅成了块，变成了条，最后化成了泥。蒸熟的葱蒜不但没有刺鼻的气味，倒是一股扑鼻的香气。我是不管不顾的，早已悄悄伸出了藏在手里的小勺，在碗里使劲挖了一下，又快速地退出来，且灵巧地躲过早已预料中的那双打过来的搅拌筷，在奶奶的嗔怪中，塞进了嘴里。糯糯、香香、柔柔的，入口就化了。真是美味啊，即使三十年后，闭着眼也能想起来。可惜的是，这项家传的厨艺已经失传，我多次尝试恢复该技艺，终因能力有限而无法满意，做出来的味道总不如记忆中的好。

可能茄子是比较廉价的缘故吧。从小学到中学，再到大学的食堂，用茄子做的菜一直没有间断过。家里的厨房里，一年四季也总有茄子。但是，自从奶奶去世后，最美的茄子味似乎只停留在小时候了。刚上班那几年，在外面酒店吃饭的机会多了，似乎饭馆里关于茄子的菜都比较单调，只有红烧茄子、油炸茄子、地三鲜等做法，可是无论是小酒馆还是大酒店，做出来的味道似乎都是一个老师教的。油和味精泡在一起的，连最爱吃茄子的我，都腻了。

再一次爱上茄子，是独自闯荡江湖的那一年。不知哪来的勇气，扔了金饭碗，背一小包来到灯火阑珊的省城。人虽然到了大城市，可是生活仿佛回到了过去的岁月。

在租住的简易楼房里面，开始与茄子相依为命。一年以后，最突出的成就，就是一起居住的大学同学离我而去。他说宁愿结婚也不再与我同住，理由是：中午茄子，晚上茄子，周末也是茄子。一年时间吃了不下七百个茄子，他如今，见到茄子就想吐。同学掂量了一番，与其天天吃我的茄子，还不如结婚与老婆住更好。

后来，家人随我搬到了省城，自己专炒茄子的单一技能被老妈的综合实力所废掉。此时我的事业也开始起步，生活也在逐渐远离茄子。但炒茄子的技能却似游泳一般保存下来。同事聚会、朋友会餐，干烧茄子就成了我高人一筹的独门绝技，为此也为我不帅的外形增添了一些茄子的魅力。

原以为，与茄子的紧密相处，不会再次重来。然而，几年后，再次为了事业离开了家乡，独身来到京城闯荡，与茄子旧情复燃，相会在京城的每个日日夜夜。虽经数年，年轮增了不少圈，生活品质与自我感觉有了较大的提高。但是我发现，与茄子的不解之缘，却总是难解难分，也算是鸳梦重温了。于是又开始了与茄子的亲密接触。

若干年过去，皱纹在增多，身体在膨胀，厨房也越来越敞亮，但是茄子的味道却没有太大的变化。更没有变得京味十足，桀骜不驯。它还是一副浓浓的家乡味，这也算作是没有忘本吧。

今有朋友说我是个茄子，不但没有反感，却增加了对茄子更亲切的感觉。人生在世，追求或许有许多，生活也会经常变化。但是喜欢茄子，相信这一生不会改变了，而且我坚信会始终保持忠诚，也悟到了缘由，或许是因为它外黑内白，外粗内细，对外低调谦和，对内真诚清白。朋友啊，真心希望你也喜欢茄子。

七彩丹霞老顾

认识老顾，纯粹是缘分。

单位在西宁有个会议，参加了一天，恰巧周末时间空闲，决定去一趟临近的张掖，欣赏著名的丹霞地貌。

预订好的宾馆提供收费接站服务，司机就是老顾。

距离张掖丹霞地质公园最近的火车站是临泽县站，站很小，下车的人并不多，出站口挤满了当地揽客的出租车司机，有一个戴眼镜瘦黑的老头，躲在人群后面，手里举着一张白纸，白纸上写着我的名字。

老顾要帮我提箱子，我没允许，嫌他年纪大。车是黑色的大众，外表看比较新，我把行李放到后备厢里，拉开后门准备上车。老顾说，你坐前面吧。

路上，老顾边开车边给我介绍当地的风景，方言很重，我听懂了不到一半。只记得几句，"车站比景区高三四度，过一会儿就凉快了。""到景区三十公里，平常收费八十，酒店老板说让收六十。""我们这里的人都很实在，景区刚开发两三年。"

快到宾馆的时候，老顾突然想起来，对我说，你最好现在去把景区门票买了吧，这样划算，可以玩两天。我觉得他说的有理，同意了。老顾开车走了一段距离，到了景区门口，他提示我，买完票抓紧出来，停车场免费半小时。景区人很多，排了四十分钟才买到票。回到景区门口，老顾站在车旁边，正焦急地等待中，看到我手里的票，只是点了点头。

到酒店门口，我给老顾微信付款，他把手机递给我，让我帮着操作，我发现他的微信并没开通收款功能。问他，他说他不懂，我给了他现金六十块。

我以为就此告别，永不相见。

丹霞地质公园，景色美轮美奂；大自然鬼斧神工，气势蔚为壮观，确实不枉此行。景区并不大，五个观景点，相机电池一块，一上午时间足矣。中午吃了满满一大盘当地的炒面鱼，补充能量，躺在宾馆的床上，美美地睡了一个午觉，醒来还不到四点钟。

太阳高照，离天黑尚早。问前台，附近何处还有景点？宾馆老板说，十公里外，有个叫冰沟的地方，丹霞也不错。老板热情地说，他帮着约车来接。

来接的司机仍然是昨天的老顾。见到我，他很开心，好似看到了久别重逢的老友。

丹霞地貌不仅在景区，还在沿途的风景里。怪石嶙峋，惟妙惟肖。老顾在景区开过车，陪着国外的地质专家考察过山川沟壑，竟然熟悉地形的成因。我们所看到的荒漠丘陵，数亿年前曾是汪洋大海的底部，地壳运动后隆起而形成。这时再看那些奇形怪状，且圆润光滑的凸起，就能恍然大悟了。老顾见我手里拿着长镜头相机，每遇到有特色的景物，便主动把车停到路边上，示意我下车拍照，还告诉我，哪个角度拍得更好看。渐渐地，我的情绪被他的热情所感染，兴趣越来越高了起来。

正如老顾的介绍，同样是丹霞地貌，风情各不相同。张掖丹霞地质公园属于丘陵地阶，层峦叠嶂，七彩斑斓。冰沟的景色属于峡谷奇观，壁立千仞，刀砍斧劈，惊为神作。进入冰沟，我流连忘返于千奇百怪的石林里，相机把手臂累得发酸也全然不觉，完全忘却了时间。直到天上的雨滴把我衣服打湿，在景区人员的催促下，方才依依不舍，又急急忙忙地向回赶。

景区门口处，雨中的老顾正举着一把黑色布伞，紧蹙着眉头，焦急地张望，看到我时，露出了笑容，冲我使劲地招手。把伞递到我手中，嘴里还不停地说着，"对不住，对不住，忘记提醒你带伞了。"

回去的路上，我们更加熟稔。老顾说，看你喜欢照相，我带你去个地方吧，不远，车拐一下就到了。随后又补了一句："噢，不加钱。"

老顾带我去的地方，离主路不远，刚下过的雨把黄土地变得泥泞，泥巴不时甩到车门上。看到我有些过意不去的样子，老顾安慰我，回去，冲一冲就好。

一座座小土堆闪现在我们的面前，高的矮的，大的小的，一个挨着一个。走近了去看，才知是土制的炼钢炉，整整六十年，虽残垣断壁，但依然能感受到那个激情燃烧的岁月。老顾说，他小时候在前面河道里放羊，累了就找个大点的炉灶躺下，既凉快又舒坦，睡醒了，羊还在吃草。当年的炼钢炉一片连着一片，如今就剩这几座了。老顾说，政府开始保护了，不允许破坏，当作纪念遗址来保留。

知道我是北京来的。老顾高兴地说，十五年前他也曾去过北京，坐了20个小时的火车，带着女儿去医院看病，还参观了毛主席纪念堂。他说去北京感觉并不好，挂号有票贩子，打出租被绕路。他最气愤的是住旅店，老顾带着女儿刚到北京火车站，出站口有人举着国营旅馆的牌子，非常热心地向老顾推荐，问价格，那人说照顾老乡只收25元一间。可是到了旅店后，那人改口要50元。老顾急了，操着浓重的西北方言和他理论，你可以贵，但是不要骗人，俺们农村人是心疼钱，但是最重要的是你们不要骗人！开旅店的人虽听不太懂老顾的西北腔，但从他正义的表情能看懂他说的道理，脸就臊了。面对这倔老头又理亏词穷，还不敢硬来，只好按25元收费。

开车路过村庄，老顾告诉我这是他住的村子。我一时兴起，说要去他家里看看，老顾连连点头，很开心的样子。西北的四合院，方方正正，现代化新农村建设目标，在老顾的家里体现得很透彻，一点都不比城里的差，家具电器该有的都有，且收拾得干干净净。老顾说，自己的婆子在县城照看孙子，他一个人住在这二百平方米的大院子，一点儿都不孤单，经常会有朋友来串门喝酒。

我举着手机四处拍照的时候，老顾从院子外面摘了一兜子黄杏进来。递给我，嘴里说，自家树上长的，没打农药，你带回去尝尝。又重复了那句话，不要钱。

我问老顾，对所有他接待的客人都这么好吗？他说，你们来这里参观就是帮助当地人的，我们花费不了几个钱，对人好是应该的，做人要本分，这样才长久。

回到住的酒店，我多给老顾路费，包括昨日去景点的停车费，被老顾严词拒绝了。我过意不去，提出请他喝酒吃羊肉，他愉快地答应了。

选了附近一家正宗的手抓羊肉餐馆，我俩要了一瓶当地产的"陇派"牌子的白酒，点了一盘手抓羊肉，一盘土豆丝，一个拍黄瓜，老顾便不再让加菜，说已经足够吃了。

半杯酒下肚，老顾兴致勃勃地拉起了家常。

这时我才知道他的名字，姓顾，照顾的顾，名天富（口音重，好像是），家有三个娃子，均已结婚生子且都在城里工作，都过得很好，也很孝顺。说到这些，老顾脸上的褶子就像盛开的花儿一样。

怎么也想不到的是，这能谈天说地的老顾，竟然一天学都没上，不认识字。惊得我嘴巴张得很大，怎么看他都不像没有文化，不仅知道地理，还懂得这么多道理（原来做人知理并不需要学历）。老顾告诉我，没有文化是他这辈子最大的遗憾，所以，他让自己的三个娃子无论如何都要坚持上学，家里穷，即使砸锅卖铁也要上。老顾不好意思地跟我说，他后来也认识了一些字，不多，是跟着孙子学的，现在正学拼音，以后就会发微信了。

老顾小时候很苦，七八岁父亲就去世，母亲改嫁异乡，他是替别人家放羊才活了过来。13岁那年去窑里挖煤背煤，这一挖一背就是14年，直到自己被查出了煤工尘肺，才走出黑煤窑。老顾说到这里，眼睛开始湿润，呷了一大口酒，笑着给我说，苦日子都过去了，他很知足。我隐隐从他喉咙里发出的鸣响中，听到了从肺部哼叫声的那丝疼痛。我问他，有赔偿吗？怪政府吗？他摇了摇头说，咋能怪别人，都是自己选的。

我俩一直在喝，也一直在听他说。老顾是个开朗的人，有真性情的人，言语里都是别人待他如何好，如何帮他找工作，找媳妇，帮孩子上学……老顾说，他是个有朋友缘的人。

第二天一早，我收拾行李，准备去车站转机场回京。酒店老板告诉我，昨夜老顾给他打电话，早上无论如何要赶过来，开车送我去三十公里外的火车站。老板还重复了老顾的那句话，不要钱，重情谊。我跟酒店老板说，走时不要告诉他了，让他多睡一会儿。

半路上接到老顾的电话，连着对我说了好几句"对不住"，睡过了头，实在应该送我的。我劝他好好休息，不要累坏身体。他嘱咐我，下次带着家人过来，住到他的家里，到时候杀头羊招待我，说得我眼眶都湿润了。

路边的石山红黄相间，真的很美。不知道这辈子是否再次来这里，也不晓得能否再见到老顾。但是，这次西北之行，我收获了人间最美的风景，七彩丹霞老顾。

梦中的云水谣

月儿高挂，华灯初上，沥沥细雨打湿了桥；青石板路泛着红潮，迎接着打油纸伞的行人，竹笛声声，诉说着思念的心焦。

秋水滔滔，水车停止了转动，鸟儿早已不叫；老榕树下的石桌石凳，与碧云一起把信捎。你究竟在哪里？

高耸的土楼，如一座丰碑，记录下风雨的飘摇

静静地坐着，看狗儿在身旁围绕，任多少陌生人喧闹。让土烟缭绕，看雨后秋水的咆哮，在自己的梦里，只有温情的碧云在欢笑。

阿简的土楼，是爸爸的爷爷建造，福兴楼的名号，带给子孙后代多少的欢笑。阿简不想走出深山，只愿让碧云在身边围绕，月儿升起，在土楼的天井里，讲述浪漫的云水谣。

高高的土墙上挂满了灯笼，为归乡的游子照亮回家的路。窗子里永远亮着马尾灯，那是碧云在呼唤。

雨一直在下，划开了长满青苔的檐角；天井里的水井早已睡着，布满皱纹的井绳却已然缠绕。

鹅卵石铺成的小路，沿河弯绕；披蓑衣戴斗笠的人，不怕硌脚。回家的路有千条，唯有那心上人却遥遥。

灯依旧挂在墙上，你若归来，给你把路照；你若不归，我始终燃烧⋯⋯

第二辑

漂·京城

　　飘在空中，漂在水面，像风筝，像浮萍。工作生活在京城十六年，却是个熟悉又陌生的城市。衣食住行，吃喝玩乐，逐梦拼搏。地铁、立交桥、出租车、朋友、老乡、同学，根却扎不进泥土里。

行在北京

首都曾被戏称为"首堵"，令外地来出差的司机闻京色变。开车来北京办事，经常在立交桥上转圈，就是下不来，好不容易从立交桥下来，却又被车流堵在路中央，半个时辰都不能动弹。近两年，首都加强交通治理，地上架起高架，地下开通地铁，交通确实改善了不少。网上有个城市堵车状况排名，听说北京已经跌出了前三名。但是北京毕竟是首都，车多人多是必然的，尤其是上下班时间，节假日前后更是堵车依旧。在北京上班的人都知道，若是在北京乘坐交通工具出行的话，按照准点到达分类，一定是按照一地铁二公交三出租四驾车的顺序排列的。

在北京，出门办事开车是最不靠谱的，要么早出门，而且最好带个开车的出门，否则好不容易龟速到了去的地方，停车找车位也可能用半小时。在北京约客人吃晚饭，若是大家都是下班后再去赴约，最好约在晚七点以后，客人往往七点半前到齐就不错了。若是开车来就餐的，那就没正点到了，除非是主客，否则大家边吃边等，好不容易到了总少不了落埋怨，"你开车咋不早出门呢，你咋不坐地铁来呢！"开车准时赴约全靠运气，不提前半小时出门按点到达是比较难的，若是再遇到交通管制，那你就等着吧。

北京的立交桥多。蔡国庆的成名曲之一是《北京的桥》，歌曲把北京的桥和外地的差异描绘得很精彩。讲关于北京的立交桥的笑话也很多，多数是说立交桥设计得繁杂，开车上去不仔细看路标根本下不来，驾考糊弄过关的即使再仔细看路标，也准能把路开错了。北京路上跑车多，即使把油门轰得呜呜响，也难跑得过那旁边的出租车。出租车司机摇下窗子，冲开跑车的喊："哥们儿，还是省点油吧，您把油门轰得声再大，也白搭。"那开跑车的恨得牙齿嘎吱响，绿灯一亮就窜了出去，半个时辰后，往后视镜里看去，已经看不到出租车的身影，心里正在暗笑时，却发现出租车就在自己车并排的车道上，出租师傅还带着一脸的坏笑。

出门选择坐出租车出行，也不是一件顺心的事情。首都的出租车干净，座套干净得一尘不染，内外颜色统一，司机也多是清一色的北京爷们儿，京腔京韵。北京的出租车费贵是早出了名的，随便一坐便是几十元，过百的车费见怪不怪，外地人来了总以为是司机绕路，其实不然，城市大、路堵是罪因，坐在出租车上，无论是行进中，还是堵在路上，你看那个收费表上的价格连连蹦个不停，看一眼就心惊肉跳。别看出租车车费很贵，能打上车却不容易，尤其是在上下班的高峰期，即使看到出租车顶上的空车灯亮着，你使劲招手他也不停，好不容易停下一辆，那开车的爷侧过身子问："去哪？""西单！"司机脸一沉说："抱歉，我该交车了，不顺路。"你若是有经验，拉开门就上去，那爷虽不高兴，但也不让你下去，还把实话告诉你，"那地儿太堵了，谁也不愿去，说好了啊，拉你去不保证时间"。

北京的司机见多识广，上知中央政策下知黎民痛楚，最近听说出租公司有规定不允许谈政治，所以司机憋得慌，聊天聊地加骂街，坐了一路车被灌了一脑子的奇闻杂事，倒是没觉得路堵，但是车费告诉你，路上走了许久。北京的公交车便宜，是所有交通里面最惠民的一种。听说每年财政补贴得不少，坐十几公里才两块钱，刷公交卡只花一块钱。多数的马路上都设有专门的公交车道，上下班时间，中间道路堵成一条长龙，公交车却能呼啸而过，羡煞那些堵在一起的小车司机。在北京坐公交一点都不掉价，坐车的人各种身份都有，坐你旁边的有可能是某部委的司局级干部，挤在车厢里的男男女女，西装革履的白领精英，挎着LV、普拉达包包的人也比比皆是，在北京好像也没有人太在意你乘什么交通工具上下班。财政补贴公交的钱花得不少，是为了鼓励大家绿色出行，少开私家车少排碳，也补贴了就业率。虽然是无人售票车，每辆车上都要配置服务员，上下车提示你别夹着，车辆拐弯要站稳扶好，老人上车提醒让座，无微不至，看到挤车抢座的乘客，义愤填膺地呵斥。每个公交站台都配有戴黄袖章的指挥人员，摇着小黄旗嘴里不停地喊着，一个站摇旗的人有时比坐车的人多，人人都说首都人的福利好，就业率高，也怪不得外地人都想有个北京户口呢。

最后说说人见人爱，花见花开的地铁，除了前段时间大幅度涨价令人厌外，这是几乎多数人都喜欢的交通工具了，既快又准时。难怪全国各地的大小城市都在大修地铁，火车穿梭在地下，不拥堵不占地，无噪声无污染。北京的地铁从一号线已经修到了二十多号，好似还不够，城市在摊大饼，地铁也在不断跟上。纵使地铁集万千宠爱于一身，也有微词在里面，上下班的高峰期也是要符合"首堵"的文化，地铁倒是不堵，体现在身堵和心堵上，繁忙的线路尤为如此。尤其是上下班的高峰时段，每个车厢都是满满的人，在站点处下去多少人就会补上多少人。有的站点，上车的人排成一大队，车厢里却没人下车，几辆车过去都挤不上去，好不容易上去了，脸挨脸，肩靠肩，男女授受可亲。好不容易到站了，没有提前做准备的就惨了，根本就挤不到车门处，就是挤到了也被上车的人群涌进来，根本下不了车，无论你怎么大呼小叫，眼巴巴看着那地铁门轻飘飘地关上，只好从下一站挤下去，一路小跑向单位赶。

任何事情习惯了就好，住在北京就要习惯北京，找个适合自己的交通工具，做好时间规划也不是什么难事，北京的文化里有一句叫"包容"，有的单位对上班和办事时间也有宽容度，一个月允许迟到三次。行在北京，就要接受北京的堵。车堵、路堵，放慢节奏，稳定情绪，只要心不堵就行。

行在一号线上

网上流传着一段经典的话语：人生就像北京地铁一号线，途经国贸，留恋繁华；路过天安门，幻想权力；漫步金融街，梦想发财；到了公主坟，憧憬西山风光，曾经的华丽家族；经过玉泉路，依然雄心勃勃……这时，有个声音却飘然入耳："乘客你好，八宝山就要到了！"

昨日偶坐一号线，仔细端详线路图，颇有感慨，人生确实如一号线，特记录如下：

人生如旅程，行走在不停息的列车上。北京一号地铁线，共有22站，从东边的起点四惠东到西边的苹果园，若是按照建国门、复兴门、万寿路为节点，把一号线截分为四段不同的旅程，恰好对应了人生的四个阶段，少年、青年、中年、暮年。少年时代，通惠河起步，受四方亲朋恩惠（四惠桥），大望美好前程，开启人生通途（大望路）；第二阶段，走出校门踏入社会，脑路大开，放眼世界（国贸），感觉春风得意马蹄疾，梦想一日看遍长安花，自以为从此事业生活风顺永安了（永安路）。可真正踏入社会，方知世道多变，宦海无涯，商界多诈。看到了古书所云：就日瞻云。东边看日出（东单），西边望彩云（西单），只有从东西单历经过，格局和视野就有别于世人了，人生事业的追求不过如此，权力与金钱，从王府井的繁华，仰视尊严的天安门、新华门，再到寸土寸金的金融街。钱很重要，权力更重要，许多人奋斗目标也无外乎去追求这两点产生的乐趣；中年沧桑，看清了世事繁杂，走出自我的迷茫；经历过权力与金钱的洗礼以后，逐渐从青年走入了中年时代，人越来越成熟，积累越多，便愈加地清醒起来，重新珍视自己，期待有更大的梦想（复兴门），开始意识到，道德伦理，克己复礼很重要（南礼士路），人需要不断地学习，补充能量（木樨地）。懂得了人生奋斗，不仅仅靠个人努力，你拥有的背景，出身决定了你的平台。明白了枪杆子里出政权的道理（军事革命博物馆），知道了人生而不公，出身和背景（公主坟）是可遇不可求的，所以也懂得了知足。暮年余光，耳顺且知天命，不时回望，笑谈人生；许多道理都明白了，人生已到暮年。此时觉得，拥有好的身体比什么都重要（万寿路），做一个真实的自己，努力做一个像青松一样挺拔的人更难得（五棵松）。此时，历经沧桑的身躯，若能矫健而平静地走在山脚下的小路上（玉泉路），已是三生有幸之事了。可惜，在不知不觉中，望到了那座山（八宝山），生命的终点站。即便是回归尘土，依然是那些少数人，墓志铭里刻满一路的辉煌。回望一路的风尘，虽风雨跌宕，但充实而丰盈，没有太多遗憾。

生命终结，人生并未结束。另一个世界里也许充满了欢乐（八角游乐园），重新走进亚当夏娃的伊甸园，偷吃禁果（苹果园），生命开始轮回，周而复始。

北京大姨

　　去石家庄出差，遇多年未见的同事，他从北京调到石家庄工作已经
两年。当年我俩像弟兄一样关系要好，见了面自然亲切。兄弟邀我晚上
去家里吃饭叙旧，并说他母亲恰好从北京来到石家庄，老人做的焖面特
别好吃。我正好去探望一下老人，便欣然前往。兄弟是军区大院长大的
北京人，外祖父是老革命，官至部级，属三代高干子弟。但兄弟在单位
比较低调，穿着朴素，且踏实肯干，为人朴实，很少同事知道的家世和
出身。

　　傍晚，我到了兄弟在石家庄租住的家里，他母亲正在厨房忙着做饭，
听到我们进门，出来和我打招呼。我叫她大姨，大姨今年已经七十有三，
满头黑发，并且梳得一丝不乱，脸上也见不到些许皱纹，看上去六十岁
左右的样子。我真心夸赞她长得年轻，大姨摆了摆手，笑着说，她主要是
不爱操心，而且喜欢旅游，年轻是因为心态比较好的缘由。大姨说，最近
这段时间身体大不如从前，以前状态会更好。兄弟告诉我，半年前，大姨
在高速公路上开车，撞到了护栏上，肋骨断了四根，送进医院住了三个

多月，最近刚刚痊愈。我惊讶于老人七十多岁的人了，还自己开车到处跑。而大姨却说，这不算什么，她已经基本恢复到出事前的状态，最近从北京来回石家庄都是自己开车。我不禁有些愕然，兄弟笑着说，她喜欢自驾，车是吉普车，越野款的。

大姨在厨房忙活做菜，各种切好的菜品摆了半个厨房。我说就我们三个人，只做一两个菜就好，这次来家里，主要是来探望她，顺便尝尝她做的焖面，不要累着身体。大姨把我推到厨房外面，让我在客厅和她儿子聊天，她自己在厨房里忙活，等我俩聊完天，抬头却看到餐桌上已经摆了满满一桌子的菜，清蒸鳜鱼、水煮黄牛肉、红烧茄子……竟然有八九个菜，另外还有一大盆的焖面。兄弟解释说，我妈不知道你喜欢吃什么，就刻意多做了两样，让你都尝尝。我连忙说，太多了吃不掉。大姨笑着说，关键是让你品尝哪个喜欢吃，下次来专门做给你，其他菜剩下无所谓。

吃饭时，知道大姨喜欢旅游，问她去了哪些地方？她说也没去哪些国家，世界上想去的地方太多，好多地方至今都没去。兄弟接过话，直接问了一句，你好像只有南美洲没去过吧？其他地方几乎都去了吧。大姨直接反驳了一句，谁说的，我南极北极都还没去过呢，另外，非洲也只是去了南非和埃及的一两个地方。

大姨给我谈起了前几年去过的南非，她说，千万别去约翰内斯堡，那个地方乱极了，家家户户门窗上装着护栏，宾馆的院墙上都拉着铁丝网，尤其是外国人，几乎不敢出门，一点都不安全。大姨说可以去南非的开普敦，这个城市安全做得很好，和约翰内斯堡好像不是一个国家的城市一样。说起南非，大姨讲起话来眉飞色舞，我和他儿子就像是个路人，根本插不上话。

我劝大姨在家休整一段时间，今年就不要出去了。大姨连忙摆摆手说，那可不行，今年都已经计划好了。她十一月要去一趟加拿大，行程都已安排好，先飞到美国，和她在建设兵团一起下过乡的闺蜜在那里会合。然后，两人坐游轮顺流去加拿大，在加拿大登陆上岸，玩两天后再去阿拉斯加看北极冰川。我张大了嘴巴，一块红烧牛肉夹在筷子上迟迟没递到嘴边。

兄弟笑着说，这还是她十一月份的计划。下个月也就七月份，大姨已经预定了马尔代夫的海底酒店，要去那里住一段时间。大姨瞪了儿子一眼，指着儿子说，这次去马尔代夫，他是有些反对的，但是没拗过我。大姨说，马尔代夫的这个海底酒店很难预订，尤其是七月暑期，自己好不容易才在网上抢到了三个晚上，马上预交了房费。而且，这次要带着两个孙子去度假，也让他们开开眼界，儿子才勉强同意的。兄弟苦笑了一下，悄悄打开手机，递给我。手机里显示马尔代夫的那家酒店，房间的面积，小的有三百多平方米，大的五百多平方米的房型，兄弟指了指那间最好的，她定了这间上下两层，加上露台和凉亭，接近一千平方米。大姨看着儿子的表情，给我解释说，我儿子和他爸爸一样，不舍得花钱。我和他们不一样，我要在有生之年要体验各种生活，这次带孙子去，也是让他们开一下眼界。大姨还解释说，酒店确实有点贵，但是她选的不是马尔代夫最贵的。我冲大姨竖了竖大拇指，你是我们的榜样，人生就该如此。但是，我却嘀咕了一下，换成我，能这样做吗？

大姨问我喜欢什么，我说喜欢摄影和写作。大姨说你的爱好也不错，应该趁年轻经常出去走走，会对你的写作有帮助。我说，这几年工作比较忙，一个人变得不太愿意出门，越来越宅了。大姨的话却一语中的，直言我的性格是追随别人为主，而且受周围环境影响大，自主自发性比较弱，应该尝试改变。我解释说，可能是从小在农村长大的原因，不舍得花钱，认为节俭是美德。大姨摇了摇头说，这也不能归咎于出身，他们一起出去玩的人中，出身比我差的人也不少。大姨还随意说了一句，可能是"认知"的问题吧。这句话虽不经意，但是却有深意，让我思考许久。记得以前，在电视节目中，曾看到过张朝阳访谈，他提到过认知问题。张朝阳认为普通人和优秀的人差距就是认知能力问题，优秀人比普通人对事物真相的认知提前了许多年，而时间成本就是差距所在。创维集团的黄宏生也谈到过认知差距，他也认为阶层之间就是看清社会真相的时间差距。我不知大姨讲的认知，是不是表达的这些意思，但是她提到的认知，确实触动了我。

我想大姨是高干子弟，家里一定有不少钱吧。虽然我没好意思去问，大姨却看透了我的心思。她说她父亲做到了部长级，打小吃住肯定要比别人家好得多，父母离世也是在医院的高级病房中离开的，经济上从来没有为难过。但是，那一代的老干部绝大多数是把自己奉献给了国家，并没有多少私心杂念，因而家里除了留了两套房产外，并没有太多家产。而且房产的产权也属于单位所有，子女可以住但是不能买卖。出去旅游的钱，都是自己工资积蓄所得。这次准备去马尔代夫，是因为去年老伴去世，留下了一点补偿款。大姨说，孩子他爸生前特别节俭，因为她经常出国旅游而吵过多次架，但是知夫莫如妻，老伴也是那种想出门看世界的人，但是内心纠结，自己始终过不了心理关，几次出国还是她硬拉着他去的。如今，他已离去，就用他的钱去选一个他在世时想去却不舍得去的地方，也算是送给他的礼物吧。

大姨说，你别看我天天乐呵呵地到处跑，其实她也有许多的苦恼，尤其是面临几年后养老的问题。她肯定是那种不在家养老的人，一是怕给儿子添麻烦，二是也受不了孤独的人。但是，北京好一些的养老院实在是太贵了，一个月一万好几，自己退休金只有七八千块钱，根本不够。太差的养老院，自己怕受不了。她关注了几家养老院，一直在考虑和选择中。大姨还说，她担心进了养老院就不自由了，自己又是个在家待不住的人，除非手脚不利索了，否则自己会发疯。说到这些，大姨的眼里泛起了泪花。这又是出乎意料的事情，我一直以为关于钱的问题，不是大姨所考虑的事情。

吃大姨一顿饭，胜读几本书的感觉。辞别大姨下楼，心里久久不能平静。兄弟陪我散步回宾馆的路上说，大姨从小跟着父母生活，没受过什么委屈，无论什么事，心里怎么想就怎么去做，家里人也一直是随着她的性子，只要她开心就好。比如，前几年，大姨提出想去迪拜感受一下帆船酒店的服务，但是当时手头比较紧张。后来约朋友跟着一家旅行团到了迪拜，趁别人去沙漠玩滑沙的机会，和朋友租车就去了帆船酒店。但是，酒店工作人员因为她们不是住客，不让进入。大姨随即提出在帆船酒店吃一顿自助餐，终于如愿进入酒店餐馆，这次不仅品尝了帆船酒店的美味大餐，还享受了一下七星级服务。

我回到宾馆，回味着大姨的晚餐，还有她热情开朗的性格，久久不能入睡。在好奇心的驱使下，我从床上爬起来，用电脑百度了一下马尔代夫的那家海底酒店房间，看到价格时不禁还是为之惊讶，一晚的价格折合人民币竟然有五万元，那么三晚就是十五万。这时，我却想到了养老院，但是，很快我用手拍了自己的脸一下，暗暗骂了一句自己，纯粹是认知不足，格局太小。在关电脑前，还是没忍住去搜了一下迪拜帆船酒店自助餐的价格，还好，不算太贵，二百美金一位，大姨和她的朋友两位加起来不到三千元人民币。我估计，这顿餐一定是大姨请的客。

夜色降临，宾馆的窗户里透进外面霓虹灯的斑斓，我却迟迟不能入睡。拿起手机，小视频里蹦出一个叫蔡澜的老人，好像最近各种视频里都是他的影子。他当年与金庸、黄霑、倪匡并称香港四大才子，如今八十二岁，无儿无女，已是孤家寡人。最近他已把自己的房产全部卖掉，收藏的古董字画全部送人，租住在香港最好的酒店里，雇了八个用人，七个美女加一个男司机，和年轻时一样，一定把日子过得逍遥自在。网上有蔡澜关于人生的众多语录，大家一致认为，他是活得最通透的一类人。多数人都羡慕他的生活观念，但是，多数人都做不到像他一样通透，再就是没有他的条件。

今晚见到北京大姨后，我知道我自己又浅薄了，通透和生活条件没太大关系。大姨是有理想追求的，是对的。我羡慕她的生活态度和方式。

但是，我还是做不到。

老友老何

老何是我来北京前就认识的朋友。到北京后成了同事，一起租房三年，共事多年，彼此非常熟悉。后来他去了南方，联系逐渐少了。但是，若要记录在北京的这些年，绕不过老何这个人。

就在前几天，老何来了一趟我现在工作的城市苏州。

"老鲁，我明天去苏州出差，你有空吗？"突然收到老何的微信，还是有些诧异的。翻看他的朋友圈，竟然没有看到内容，设置成三天可见。

"老何啊，你来了，当然有空了，几点到站，我去接你，一起喝酒。"说实话，老何来找我，还是挺开心的，毕竟在北京那些年，一起奋斗过。

"不用你接，当地的美女老总来接我，明晚见面吧。"微信里的老何，语气变得谦谦君子了。

第二天晚上在酒店见到了老何，六七年不见，打扮几乎没变，皮鞋、西裤、T恤衫，连颜色都没改。老何说自己变了，换了城市，考了博士，最近准备出本专著，过几年找所大学，去当个老师。酒桌上，老何声明，已经戒酒了。我问他什么原因，他说最近养生，喝酒危害大。我笑他，你戒色我信，老何戒酒打死都不信。他说，色也戒了。这时候，老何的手机不合时宜地响了，听筒里传出一个娇滴滴女人的声音。老何挂掉电话，不好意思地说："今晚少喝点吧。"三杯酒后，他恢复到原来的那个老何。

那年，我从山东到北京工作，单位先提供半个月宾馆住宿，到期后自己再租房子。初到北京，不了解行情，租到合适的房子其实并不容易。单位提供的宾馆日期到了，要租的房子却还没定下来。一筹莫展之时，在西安出差的老何得知了消息，让我去他租的房子住，他短期内出差不回北京，发快递把家里钥匙邮寄过来。着实让我感动，非亲非故，简直就是雪中送炭。老何还特意给我说，他原来一起租住的朋友，恰好去上海工作，今天正好搬走，我俩就一起住就好了。当天下午，我拖着行李，按照老何发的地址就去了他租住的地方。打开门后，却发现他的朋友正在家里，还有朋友的女朋友，估计是来送行的，我无意中打破了两人的送行仪式，很尴尬。事后，听老何说，朋友把他骂了一顿。对于我来说，老何这份情我要记一辈子的。

和老何同居生活的日子，加起来累计接近四年。其间有说有笑，有打有闹，总体来说，还算美好。

"老鲁，我今天买了三本书，准备这一周看完。"这句话是老何最常说的一句话。嗜爱读书是老何的一大优点，而且博览群书，读书多又快，所以这一优点，使老何成为博学多识的人。都说老何比较抠，从没见过他请客吃饭，每次聚会买单，都会躲得远远的。但是在买书方面，老何却从不吝啬，也从不买盗版书，见了好书一定会买下，且不问价钱。当今，一本正版书籍，少则三四十，多则近百，所以说老何抠门的人，是不了解他。

因为老何喜欢买书读书，我也受他的影响，和他同居期间，看了不少书，也养成了喜欢读书的习惯。两个人经常为了一本书的内容进行争论，彼此变得深刻了许多。再后来，我俩一起写文章发表，彼此逐渐开始走文学之路。在读书这件事上，也应该感谢老何。

老何是比较典型的西北人，农村长大，小时候放过羊，大学考到山东后，毕业后留在东部的沿海城市，但是西北人的性格没变。喝酒吃肉是必不可少的习惯。炒菜做饭老何不行，基本都是我掌勺，我做的鲁菜风格，也符合他西北的胃口，真心或违心地得到了他不少的称赞和鼓励，心甘情愿为他做了四年多的厨师。老何是个文人，喜欢写诗，崇拜李白，自然就爱喝酒，加上文人气质，平日里看上去文质彬彬的，酒后却变了模样，或者说，完全现了原形。当年李白斗酒诗百篇，长安市上酒家眠，老何则是半杯黄汤入腹中，天下谁人敢称雄。他经常说，文人就要有个性，不服就干，看不顺眼就翻脸。酒后的老何才是真正的老何，放浪形骸全本色，嬉笑怒骂皆文章。我俩一起喝酒发生的故事能摞一大筐，其中有些故事变成了事故，碍于和他多年的情分，不便于记在文字里。

老何有个优点，就是有一个宽阔的胸怀，对他认可的人比较大度。我或许是他比较认可的人吧，除偶尔闹别扭的时间外，逢人便讲我的优点。老何跳槽到别的单位后，几次推荐我去他的单位，甚至举荐做他的领导。这个优点，恐怕没有多少人能做到。想起他的大度和认同，这些年来，我内心就会涌起许多的感动。当然，老何在别人眼里，是个疾恶如仇的人，遇到看不惯的人和事，直言快语爱恨分明，得罪不少人，也受到了多次的打击报复。所以，老何虽然有才，在事业发展上遇到了不少挫折。但是他毕竟是有才气的人，又爱学习钻研，在单位不久就会变成骨干，如今职位和成就在行业里也属翘楚。

如今，我在北方，老何在南方，相隔万里。平日联系并不多，但是见面依然如兄弟，毕竟是一起同居过的好友。我们彼此都记得彼此的好，同事一场，虽有微词，也有过节，但从没反目，还能成为知己和同仁，已是难得，值得珍惜。

当然，老何还是有蛮多的缺点，就不说了。毕竟老何是约我退休后一起喝酒的人，否则他看到我说他的不是，一定会和我翻脸。他还说过，要送我一只他老家的羊给我吃，这是他七八年前许诺过的。直到今天，我还没收到那只西北羊，就让他欠着吧，等退了休。我哥俩再一起大口吃肉，大碗喝酒。

　　酒，就喝他窖藏多年的老酒。肉，就吃他承诺多年的西北羊。

明星耀京城

首都北京，繁华大都，政商权贵云集，明星大腕驻足。在京城想见影视明星并非难事，到体育场、大剧院花个百儿八十的随便看，若不想花钱，去首都机场或者火车站的出口处，看到戴墨镜、大口罩的俊男靓女就扑上去合影，说不定就是你的偶像刘德华、章子怡之类。而今天所说之人，不是影视明星，也不是歌坛新星，而是济阳人在北京的大明星。此人姓李，明星是名，名字就叫李明星。

认识明星，纯属偶然，是在去年仲夏的一次聚会上。济阳县委（当时尚未改为区）统战部在北京召开招商引资老乡座谈会，本人作为草民一介，亦有幸接到邀请，虽无投资建厂之实力，却有献计献策之心愿，便欣然前往。宾馆会议室座无虚席，乡情乡音不绝于耳，甚是亲切。因参加活动较少，除几位过去认识的县领导外，熟悉的人并不多，随意寻空座位坐下。一位穿花格子衬衫，浅蓝色裤子，皮肤白皙，长相似南方人的中年男子，提水壶来到我面前，笑容可掬，非常友善地向我打着招呼，带口音的普通话里却透露出一股垛石驴肉的味道，接过名片才知道，这竟然是老乡经常提起的那位李明星。

通过此次聚会得知，有个五百人的微信群叫"济阳人在北京"，进入群内，相互之间嘘寒问暖，乡音乡味，甚是温暖。进入群内，感觉单打独斗的闯荡人，找到了久别重逢的组织；也似在北京飘荡多年的灵魂，寻到了驻足的港湾，确实有家的感觉。老乡群的群主便是李明星，当下群主的称谓十分时髦，群内贤达权贵均有，但大家对群主却十分尊重。明星群主也名不虚传，尽心竭力，敬业值守，群规制定得也是有规有矩，除了要显示出济阳的特色外，还要求大家严格遵规守纪，更莫做影响济阳人形象的出格事。

明星群主作为济阳人在北京群的掌门人，每天坚持发送早新闻，通报国内外大事，还不时推送一些正能量的鸡汤文章，催人进取。老乡之间，有任何困难，明星都会充分利用群主的人脉去协调老乡给予帮助。前几天，群内有一位老乡的孩子，自幼患有耳疾，听说国家相关部门有政策可以免费救助这类儿童，孩子是父母的心头肉，这位老乡多次找关系求助却无果，十分绝望。明星群主得知消息后，主动了解情况并积极协助，分析政策，在群里四处打听，帮助寻找，果不其然，人多力量大，恰巧一位老乡得知有解决的办法，并及时提供帮助，问题迎刃而解。孩子的命运从此实现转折，做父母的老乡则感激涕零，永生难忘。当时我问明星，你为何如此上心？他说，老乡的事就是我的事，只要大家都付出一点爱，在京的济阳人便拥有美好的明天。不禁令人感慨，明星就是明星，非凡夫俗子所想。

去年八月，县委统战部组织"回家乡，谋发展"的联谊活动，明星群主在群内积极号召，在京的老乡纷纷响应。活动当日，他亲领一车队，行驶数百公里赶回家乡，支持家乡建设。会议期间，被县电视台的记者拉住采访，李明星便成了电视里的明星。镜头里的他，因为激动而颤抖的手，四十多岁的汉子说话也有颤音，但细细听来，句句饱含真情。他说：

"虽然人在外，但心中对家乡的情却始终魂牵梦绕，每时每刻都想念家乡的父老，每一句熟悉的乡音都令人感动，我是济阳人，我为济阳人自豪。"明星诉说了游子的情怀，道出了在外闯荡人的心声。

后来得知，出身贫寒的李明星，为生活所迫，十五六岁时便开始闯荡京城，吃过许多苦，也受过许多累。但聪明又善良的他，靠勤劳的双手和真诚的性格，打拼出一片属于自己的天地。如今的明星，有车有房有实业，娇妻爱女绕膝，早已成为资产过千万的企业家。但是，他朴实无华，热忱实诚的性格却依然，已成为老乡们学习的大明星。

上个月，我的手机屏幕因失手而摔碎，咨询卖家售后，修复需要花费上千元。知道李明星在一家电子城里有商铺，里面有修手机的服务，抽一空闲时间，带着碎屏的手机来到电子城。到达后，明星群主早已泡好上等茶叶等待，旁边还有一位来买电脑的老乡，边喝茶边聊天，相谈甚欢。手机很快修好，还赠送了亮膜皮套，我按价付款，明星却几次推让，仅收了百元的成本价。明星又极力挽留吃晚餐，并电话叫来了几位老乡，好酒好菜摆了一大桌，话桑梓，叙乡情，皆醉而归。第二天我清醒后打电话给明星："群主，你可亏大了，修个手机，不但不赚钱，还搭了一桌餐。"明星则回答："那是两码事，生意在人心，老乡情谊深！"

在"济阳人在北京"的群里，听着乡音乡味，浓郁了家乡的情怀，和群主李明星的交往，则加深了对家乡的情愫。细细想来，李明星所代表的济阳人，勤劳朴实，乐善好施，心系家乡，岂不正是山东儒家文化的精髓吗？再看看李明星，无论是言谈举止，还是待人处世，无不体现了"仁义礼智信"的儒家精神。因此，明星既是济阳在外游子的代表，也是济阳人在北京的自豪。

当然，明星还有许多动人的故事，一两天也说不完。播个广告作为结束语吧，"济阳人，到京城，有事就找大明星；若问明星在哪里？京西盛唐电子城！"

莫让焦虑打乱幸福的生活

今天是国际幸福日，今天还是春分的节气，春天快结束了，许多人还没感受到春的温暖，却闻到了夏日焦躁的味道。

这是个注定令人压抑的年份，突如其来的疫情，袭击了企业、家庭，还有每个人，猝不及防的影响，让社会上的焦虑情绪随风蔓延，充斥着个人的事业、生活，也影响着个人健康和情感。本就焦虑的社会，更显得飘忽不定，无法掌控。

理论上讲，焦虑源自于安全感的缺失，是一种对现在及未来不确定性的恐惧，也是对无法掌控的事物，表现出的一种情绪。

引起焦虑的事情有多种，具体表现在对未来安全、婚姻、教育、健康、金钱等的担忧和困惑。有效解决焦虑的解药主要有两种，一是经济依靠，二是情感依赖。经济社会里，金钱可以解决一大部分问题，有经济基础，可以不必担心未来因物质的缺失，而带来安全危机导致的焦虑。比如对养老、教育、疾病的焦虑就会减少。人仅有物质的追求还是不够的，情感的困扰也是人焦虑的原因，它既含有精神抚慰，也有对他人的依赖。比如在孤单寂寞的时候，遇到感情纠葛时，需要倾诉和安慰，需要别人的慰藉和信任，而这些金钱以外的焦虑，则需要情感做依托。

有焦虑感，是多数人都存在的问题，是一种情绪的正常表达。而适当的焦虑，会让人有计划地准备不时之需，做到未雨绸缪。若是过于严重，就呈现焦虑症的病态。焦虑症和抑郁症是相伴而生的，它们会交织地发生在人身上，严重影响身心健康，甚至会发生更为极端的行为。

焦虑在当今社会上比较流行，有人也在趁机贩卖焦虑，用付费型的知识或者商品填补焦虑带来的困惑，虽不道德却有市场。

有专家分析，人之所以产生焦虑，有环境因素，有生理基因，还有长期的诱因等。如何应对则因人而异。专家建议，可采用转移注意力，放松身体和精神，用运动来应对一时的焦虑。

不妨先找到焦虑的源头，明白是近期的困惑还是远期的担忧，是物质的匮乏，还是情感无依托，能否找到解决的方案。最好是用排除法找出事情的条理，把不确定的事确定下来，无法确定的弄明白道理。抓住关键，才能打开心结。

首先，降低预期目标。期望是带动焦虑的传感器，期望越高压力越大。评估自己的目标是否符合你的能力，参照物是否给自己太大压力。其实，再多的目标，再高的要求，那只是预期，并不是你现在能实现的，降低你的标准和预期，不要让压力成为奴役你的主人。

其次，认清现实，面对它。要知道，人的能力是有差异的，正视自己的资源和能力，你拥有的才是属于你的。你所焦虑的事情在远方，做好眼前的事才是最好的方法。杞人忧天只会为未来添堵，徒劳无功。若是看不清现在的自己，就努力地不去想未来，未来怎样，到未来再去想。

第三，获得认同感，学会自我鼓励。屏蔽那些让你担忧的思想和言语，找家人或朋友去倾诉，去寻求精神安慰。认真听从别人的劝告，信任别人，要时刻提醒自己，焦虑和担忧都是错的，你还拥有外在的支持者。

　　最后，当你感到焦虑时，这是太依赖外在力量的缘由。你还需要努力让自己变强，但是要慢慢来，焦虑不会让自己变强大，只会颓废。

探访——鲁迅的故居

来京数年，周末的光景总是在碌碌匆匆中浪费掉，甚为可惜。北京作为多个朝代都城，文化荟萃，名流辈出。细想之下，快速增加知识，了解历史文化的方式，参观名人故居算是一种捷径。北京的名人成百数千，留存的故居也有数十所，但是脑海里的名单一串串，首先想到的却是鲁迅先生。于是，游故居的第一站，便选择先从鲁迅先生在北京的故居开始。

鲁迅一生转战南北，留学海外，又年少成名，所居住的地方有多个，鉴于其文化的影响力，大多被保留下来供人纪念，因而故居较多，在绍兴、南京、上海、厦门、广州都有。

即使在北京，鲁迅也曾住过多个地方。刚来北京时，鲁迅作为教育部的公务员被安排在绍兴会馆居住，绍兴会馆应该是类似现在的驻京办类的招待所。史料记载，鲁迅在这里住的时间还比较长，有六七年的时间，后来其弟周作人来京工作，也是住在这里。当时，鲁迅已在《新青年》上发表了《狂人日记》，在全国引起巨大反响，随后又发表了《孔乙己》

《药》等著作，已经成了北京的文化名人。公务员的薪资加上稿费，让鲁迅有了稳定且比较丰裕的收入。鲁迅决定在北京购置房产，把全家老少都迁至北京，当时，周作人一家已经在北京，我猜测这应该是兄弟两个一起商量的结果。在1919年年末共花了三千一百块大洋买了北京八道湾11号的住宅，按当时统计一个普通上班职员，平均月收入也就十几块钱，三千一百块大洋算是巨资，所以买的院子也足够大，是个三进式的大四合院。后来鲁迅搬出这所宅子，也没提钱的事情。看过鲁迅写的《故乡》，文章里记述了鲁迅回家售卖绍兴的老宅的事情，猜测也是为了在北京买这套宅院，算是兄弟俩一起凑钱购买的，绍兴老宅估计也卖不了几百块钱，这座院子鲁迅肯定是付了大多数的。也找不到当时其弟周作人凑了多少钱，宅子修建好后，鲁迅却把居住环境最好的后院让其和日本媳妇居住，说明兄弟两个的关系是蛮好的。房子建好后，鲁迅把在绍兴老家的母亲和妻子朱安，还有三弟周建人都接了过来，一大家子都住在一起。这件事足以说明，鲁迅先生是讲孝道、讲亲情，在北京稳定后，就开始安家立业，照顾家人。与大家印象里的鲁迅，是个刚正不阿、横眉冷对、执笔当枪的硬汉形成了鲜明的比照。在这个大院子里，鲁迅创作了《阿Q正传》《故乡》等脍炙人口的名篇。然而，世事难料，家家有本难念的经，鲁迅在这里却仅仅住了三年多的时间，就搬离了。

搬出八道湾后，鲁迅在砖塔胡同61号租住了九个月的时间，在这里他写了《祝福》《肥皂》等作品，从文字里能看出鲁迅在这期间心情是落寞的。

1923年，鲁迅在宫门口西三条买了一套旧宅子，也就是现在的鲁迅故居。位置在北京阜成门附近，在巷子里能看到白塔寺的白塔，风景倒是不错。这也是鲁迅先生在北京的最后一处寓所，至今保存完好，且留有先生多件遗物，在这套宅院里，尚能感受到当年先生在此居住时的气息。鲁迅先生购买的这处宅子，仅花了800块大洋，从价格看出，约为上一处宅子的四分之一，面积也小得多，只是一个普通的四合院。但是鲁迅先生对房子特别用心，购买后就决定重新翻盖。并且亲自来设计房屋的架构，物料、工人也由自己精心挑选。外观用的是青砖白墙，类似绍兴的民居颜色。房子改建后焕然一新，院内盖有北屋三间，母亲住东间，妻子朱安住西间，中间是吃饭和洗漱的堂屋。在北屋的后面接了一小间，北京称为"老虎尾巴"，鲁迅把这小屋用作自己的卧室和书房，并自嘲为"绿林书屋"。院子里的西屋是厨房，东屋为用人的房间。南屋是鲁迅的会客厅和藏书房，中间有屏风相隔，会客厅里放置藤椅、木桌，藏书房里有书橱、书架和几个藏书的大箱子。

在四合院的天井里，鲁迅先生亲手种下两棵白丁香树。如今绿叶银花，枝繁叶茂，夏日里遮天蔽日，且香气逼人。鲁迅曾在《秋夜》里说："在我的后园，可以看见墙外有两株树，一株是枣树，还有一株也是枣树。"游人多慕名前来，却没发现一株枣树。四处张望找不到后园在哪，无意中寻到一条青砖铺就的小道，在西屋的靠边处有一个小木板门，推门出去，院墙与北屋的山墙挤成一个特别窄的小巷子，沿着山墙向前走，果然看到了屋后有一个不大的院子。院子里仍然没有那两株枣树，倒是有一大丛开满了黄色花朵的扇形灌木，占了大半个院子，煞是好看。走近一看，上面写着"鲁迅先生手植黄刺玫"，时间记录是1925年的4月，距今已有近百年树龄。《秋夜》的文章写于1924年，想必是那两棵枣树移走了，才种的这黄刺玫吧。

就在这个院子里，也是在那个被称作"老虎尾巴"的小屋子里，鲁迅创作了《华盖集》《野草》《朝花夕拾》等。在这所自己亲手设计和翻盖的院子里，鲁迅也仅仅住了两年三个月，就离开了北京。不知鲁迅在这里是否过得开心，但是在这个院子里的日子，有一个女人一定是最开心的。在这里，是她和她的"大先生"离得最近的一段时光，虽然没有同床之好，但是，可以天天见到她的大先生，能够同屋同食，对她来说，这辈子也就知足了。这个被鲁迅称为"这是母亲给我的礼物"的女人就是朱安，做了鲁迅46年的妻子，有妻子之名却无夫妻之实，默默追随，不离不弃，从一而终。旧时的婚姻，嫁鸡随鸡、嫁狗随狗的观念，让朱安认为这就是命运，她应该是一直深爱着大先生的，虽然她不懂爱，却用自己的方式默默地付出着。鲁迅去世后，她极力邀请许广平母子到北京居住，且把鲁迅的独子周海婴视若己出，并把这个四合院转到了海婴的名下，充分表明了她对大先生的爱。朱安在临终前，希望自己能葬在鲁迅的身边，或因多个缘由，最终没有如愿，孤零零地被葬在了保福寺，好处是墓地就在距离北京故居不远处，她就这样守护着那座和大先生一起居住的旧宅。这段广为人知的不幸婚姻，是一段人间杂剧，喜悲自知。也算是鲁迅先生留给后人的一段警示吧。

逛完了鲁迅的北京故居，买一本丰子恺配图的《鲁迅全集》，在回去的地铁上翻看先生的文章，就更有一番别样滋味了。老舍说："看看鲁迅全集的目录，大概就没人敢说，这不是个渊博的人。可是渊博二字，还不是对鲁迅先生的恰好的赞同。"从初中时就开始读鲁迅的文章，说实话，我一直是读不懂的。直到长大才明白，原来《孔乙己》《阿Q正传》是映射社会的，也才知道《药》里的精神麻木的华老栓就是在写我们这些浑然不知的人，而《祝福》里失去阿毛的祥林嫂，对着吃人的社会不停地唠叨，似乎就是我们邻居家的大妈，那些话语熟悉而亲切。

而我最喜欢的，还是先生写的《故乡》，每每读到那段"深蓝的天空中挂着一轮金黄的圆月……其间有一个十一二岁的少年，项戴银圈，手捏一柄钢叉……"仿佛就回到了儿时的故乡，闭上眼睛，跟着少年到了有月光的田地里，情不自禁地潸然泪下了。

读书日惜访茅盾故居

在中国，凡是喜欢文学的人，都知道文学巨匠茅盾先生。即使有人没看过茅盾的作品，也知道中国有个奖项叫"茅盾文学奖"。这个奖项是根据茅盾先生的遗愿，用其捐献的25万稿费而设立的，是中国长篇小说的最高文学奖项。路遥的《平凡世界》，陈忠实的《白鹿原》，阿来的《尘埃落定》，梁晓声的《人世间》等名篇都曾获过这个奖项。可以说，茅盾先生为中国的文学事业做出了巨大贡献。

带着对茅盾先生的崇敬之情，周六一大早，决定去探访茅盾在北京的故居。记得上学时，学过茅盾先生的散文《白杨礼赞》，通过对"参天耸立，不折不挠，对抗着西北风"的白杨树，歌颂坚韧、勤劳的农民。曾背诵过作家的生平，如今想起来依旧清晰，茅盾是笔名，其真名叫沈雁冰，北京大学毕业的浙江人。前两年，读过茅盾的小说《林家铺子》，为动荡年代的小商人林老板那一波三折的命运所打动。作家生动描写林小姐的那句"她的泪痕中含着一丝笑意"至今印象深刻。可惜的是，茅盾的代表作《子夜》《春蚕》未曾读过，这次去茅盾故居，决定买一套书带回来，仔细去读。在故居购买的书，想必是读起来与别处买的书感觉一定是不同的风味。

茅盾故居在北京东城区后圆恩寺胡同里。熟悉北京的人都知道，这片区域有众多的四合院。随便走走逛逛，就能看到明清遗留下的多处王府、贝勒宅邸。即使一些看上去小门脸的角门，从门缝里看去，院子里竟然也有楼台亭榭，这肯定不是普通老百姓居住的大杂院。此区域是达官贵人，商贾巨贾比较集中的地方。从地图上能看到，张之洞、齐白石都有故居在这里。胡同西边连接着著名的南锣鼓巷，不远处就是水面可泛舟、四周歌舞升平的著名酒吧区——后海。后圆恩寺胡同里的宅子，是繁华大都市里能够闹中取静的地方。

茅盾故居的大门并不起眼，不高不大也不阔，远看就是百姓人家的大门。大门的造型属北京民居里典型的如意门，漆红的两扇门似乎刚刚清刷过，油光可鉴。门口两侧摆放的，不是常见的石鼓石狮，而是两个方型门枕石。大门左侧是白底黑字的石板牌子，刻着"北京市文物保护单位——茅盾故居"的字样，右侧墙上镶嵌着一块四角雕花的铜牌，上面的介绍用的是中英文，记载的内容是："茅盾先生一九七四年到一九八一年在此居住。茅盾原名沈德鸿，字雁冰，浙江桐乡人，现代著名作家。故居为二进四合院，影壁上的"茅盾故居"四字是邓颖超题写的匾额。前院西厢房是会客厅和藏书室，东厢房为饭厅，后院是茅盾先生的工作室和卧室。"

门上写着，凭票参观。大门旁边有个橱窗是售票处，走过去购票，却发现窗户紧闭，里面竟然无人值守。回到大门口，想推门进去，却发现大门在里面上了栓。

带着失望正要转身离开，一个推着自行车的大爷走过来，看了我一眼，问道："是来参观故居的吧？"我点头称是。大爷来到故居的门前，伸出手，"咚咚"地敲了几下大门，里面传出不耐烦的声音。大爷高声说："开开大门，人家大老远跑过来，让人家把影壁上那几个字拍个照再走。"话说完不久，里面的人果然把门打开了一条缝，我心里顿时有了一丝光亮。两扇门中间，露出一个戴保安帽的脑袋，上下打量了一下老人，阴阳怪气地说："你谁啊，闭馆，不行就是不行！"刚说完，里面"咣当"一声，彻底地把门关死了。

老人回过头来冲我笑了一下，说："走吧，等过段时间再来吧。"我说了声谢谢，转身。老先生却推着自行车和我一起向前走。

"我们家和茅盾是一个胡同里的邻居，茅老先生脾气挺好的，做过文化部部长和作协主席，却没有一点架子。我小时候还经常到他家来串门的，还和他下过棋。每次来都是到他家的后院里，他的书法很好，我家里还保存着他送我的两幅字呢。对了，你知道茅盾的笔名怎么来的吗？"大爷停下脚步，问我，我摇了摇头。大爷接着说："这个笔名是叶圣陶先生给他改的，茅盾当年写的小说《幻灭》，用笔名"矛盾"去投稿，就是那个长矛和盾牌的那俩字。恰巧叶圣陶先生是那家刊物的编辑，他认为这部小说写得很好，但是作者的名字叫矛盾，认为名字太尖锐，不适合当时的环境，就自作主张地改成了茅盾。"这个典故我第一次听到，对推着自行车的大爷充满了敬意。大爷不紧不慢地给我又说起了茅盾先生在胡同里的一些趣事，听得我简直入了迷，他对先生的过往如数家珍，走一会儿驻足一会儿，可惜的是，这后圆恩寺胡同确实太短了。到了胡同口，大爷说还有其他事，以后有缘遇到时再聊，他摆了摆手，跨上自行车就走了，拐弯处，只留下了一个意犹未尽又有些恋恋不舍的我。

探访故居未果，改日再来，期盼再次偶遇大爷。

胡同旁边，有一家叫"小众书房"的书店。在书架上，看到了茅盾先生的《子夜》。黑色的封底上是几个名家的评论，郁达夫说，"茅盾是早就从事写作的人。唯其阅世深了，所以行文每不忘社会，他的观察的周到，分析的清楚，是现代散文中最有实用的一种写法 …… 中国若要社会进步，若要使文章和现实生活发生关系，则像茅盾那样的散文作家，多一个好一个……"

八大胡同边上的大烟袋

纪晓岚是在八大胡同里长大的,这一点儿都没瞎说。

纪晓岚的北京故居位于珠市口西大街241号,故居东面紧邻着胭脂胡同,房子后面是百顺胡同,再往后是韩家胡同,大门正对面是阡儿胡同。在附近胡同里转一转,发现小凤仙、赛金花等名妓也与纪晓岚故居毗邻而居。需要说明的是,这些民国的名妓都是在纪晓岚死后一百多年以后才搬过来的。纪晓岚若是与她们生在同一时代,估摸着,他即使挂着拐棍也定会让人扶着没事就来逛一逛了。北京的八大胡同是乾隆中后期才兴起,纪晓岚正值青春年华,定会是常去串门的客,风流韵事肯定不少。那时的八大胡同的脂粉气或许不如民国时期浓厚,这也是史书中记载的故事比较少的缘故。

当年张国立出演的电视剧《铁齿铜牙纪晓岚》曾风靡大街小巷,家喻户晓。大家都以为历史上的纪晓岚就是一个伶牙俐齿,风流倜傥,一表人才的大帅哥。其实,历史上真实的纪晓岚的形象却能让你大跌眼镜。史料明确记载,其个子不高,容貌中下,体态略胖,肤色略暗。由此可知，纪晓岚是个典型的又矬又黑的小胖墩子，和影视剧里帅哥形象的那个简直相隔千里。并且他还高度近视，又轻度口吃，怎么也无法和铁齿铜牙挨上边。但是纪晓岚的文字诙谐滑稽，又喜嘲弄别人，才子的名声确实没有虚传。史料还记载了纪晓岚嗜吸烟，以肉为粮，颇溺情欲的个性。这寥寥几句就把纪晓岚的高大形象从影视剧里拉回到了现实中。电视剧是为了获得收视率，把纪晓岚的形象美化，保留了其有才情，有情趣，爱嘲弄，吸烟袋，好吃肉的个人特色。编剧们为了让纪晓岚美名远扬，做此修改，也非过错。

纪晓岚故居位于北京珠市口大街上。据说当年开通两广路，为了避让纪晓岚故居，而刻意把两广路拐弯绕行，费了不少钱财，也算是对历史文化的尊重和保护了。但是辅路还是把前院占用了一部分。证据是，纪晓岚手植的那株已有二百多年树龄的藤萝，仍枝蔓盘绕，绿叶遮天，据记载这株藤萝是在故居的前院里，藤萝并未挪移，而是裸露在外面，在大街上就能看到。藤萝长得茂盛，后人搭了架子，藤萝架下坐着纪晓岚的铜像，手拿大烟袋，目视前方，面前有一圆桌，旁边有一圆墩子，供游人驻足休憩、合影留念用。

纪晓岚故居坐北朝南，清式砖木结构，两进四合院格局。前院被路占据后，四合院的一进的屋子两个侧门，西边挂了纪府书房的牌匾，东边挂了纪晓岚故居的匾额。从大门进到院子里，故居的方形院子不大，粗估一百多平方米。院内只有南北屋子，据说东西厢房已经拆建，另作他用。抄手游廊把南北屋连起来。南屋里四面墙上悬挂着纪晓岚从出生到去世的丰功伟绩。故居的院子正中央放着一块白色假山石，上面缠满了爬山虎，像一头趴着的绿毛狮子。两个铜制大水缸在西侧游廊边上放置，用于清凉和消防。一株枝繁叶茂的海棠树矗立在院子的东侧，据说此海棠为纪晓岚亲手种植，和前院的藤萝一样历尽二百多年的时光，依然青春旺盛。树下有两个铜像，一个手执烟袋锅的老人矗立在一旁，静静地注视着坐在地上安心抚琴的青春美少女。旁边有一汉白玉石碑，上面刻着一段凄美的爱情故事。纪晓岚年少时，与四叔家的婢女文鸾两小无猜，曾一起在海棠树下留下美好回忆。若干年后，再见文鸾，已长成亭亭玉立婀娜多姿的怀春少女。叔母见彼此有意，遂给纪晓岚定期迎娶。然命运弄人，未到嫁期，文鸾却因疾而亡。纪晓岚伤痛不已，在园中手植海棠记之，睹物思人。并作诗一首"憔悴幽花剧可怜，斜阳院落晚秋天。词人老大风情减，犹对残红一怅然。"

故居的北屋宽敞明亮，前三后五的造型，呈倒"凸"字形。前三间中间是门厅，正中设屏风，屏风上有纪晓岚画像，上悬启功先生书写的"阅微草堂旧址"横匾。进门左右各两间为双耳室，第一层耳室，西边是纪念革命志士刘少白在此地为新中国做出的突出贡献，东边是纪念"富连成"京剧科班的行头，这里曾经是京剧大师成立国剧社所在地，也是京剧科班的训练基地。第二层耳室，西边摆置着琴棋书画的用具，突显阅微草堂主人的生活爱好。右侧是书架书桌，书架上摆满了《四库全书》，书桌上摆着一本《阅微草堂笔记》，记录着纪晓岚的事业和个人成就。绕过屏风后面是一扇大门，走进去又是一个广阔的空间，且别有洞天，古筝声声悦耳，屋子里茶墨余香。四面墙都是书架，一排排写有纪府的灯笼悬挂在四周，这里是纪府书店。书店里柔和的灯光让游客情不自禁地坐下来，顺手从书架上取下一本闲书，要杯清茶，和纪晓岚一起感受当年的漫时光。书店的北墙上有两扇大门，上了门闩，从门缝里看去，屋外还有一大间房。服务员说，那屋子是后院封了顶子搭建而成，并不对外开放。

据说，现在看到的纪晓岚旧居只有原来的三分之一。院子里的东西厢房拆除和另作他用，加上不开放的后院，还有故居外被辅路占用的前院，当年的故居面积确实不小。故居旁边的晋阳饭庄，古色古香，不知是否也曾为旧居的一部分。有人介绍说，纪晓岚故居的产权属于晋阳饭庄，饭庄原来在旧居里面，后来为了游客方便，把饭庄搬到旧居的旁边。

纪晓岚并非白手起家的穷苦人家出身，而是典型的官二代。这处宽敞的宅子，是纪晓岚在京任户部刑部属官的父亲的宅院。雍正时期，兵部尚书陕甘宁总督岳钟琪曾经住在这里，看过《雍正王朝》电视剧的人都知道，这个岳钟琪是接替年羹尧的大将军。想必纪晓岚父亲的官职也不小，史料记载曾做过姚安知府，拿到现在应该是司局级的干部。纪晓岚十一岁随父进京，前后在此共住了六十多年。作为官二代的纪晓岚，自小天资聪慧，七岁就有神童的称号，二十岁参加科试获第一名，参加乡试也得第一名。后在会试、殿试中也都有好的名次。为官后，年纪轻轻就因编撰《热河志》被乾隆赏识，受"天语嘉奖"。后来受刘墉的父亲大学士刘统勋举荐为《四库全书》做撰，屡次升迁，官至礼部尚书、协办大学士，开启事业高峰。同时，纪晓岚在追求事业的过程中，也在不断总结着自己的思想，他的名著《阅微草堂笔记》也在编纂《四库全书》期间随之横空出世。

《四库全书》是纪晓岚带领多人耗时十年才编成。该书对中国古典文化进行了一次最系统、最全面的总结，把中国的文、史、哲、理、工、农、医等几乎所有学科找到了源头和血脉，是中华传统文化最完备的集成之作。而纪晓岚所著《阅微草堂笔记》与蒲松龄的《聊斋志异》可媲美，一起作为志怪类小说被时人所盛誉。《阅微草堂笔记》通过描写狐鬼神仙、因果报应、劝善惩恶等奇闻逸事，揭露末世的腐朽和黑暗，对社会现象的愤慨和抨击，表达了作者刚直不阿的性格。

或许受影视剧的影响，提到纪晓岚就不能不说说刘墉与和珅。电视剧里，刘墉与和珅是一对生死冤家，朝堂之上，经常针锋相对，彼此水火不容。史料中记载，刘墉比和珅大了三十多岁，属于隔辈的人，根据朝堂重臣的经验，两人不会在明面上争抢。但是和珅在被嘉庆治罪时，倒是让刘墉负责审理和珅，可以断出两人是不和的。而纪晓岚和刘墉的关系，可以用密友来形容，刘墉比纪晓岚年长四岁，同朝为官，关系十分融洽。

除了两人情投意合外，还有一层关系就是，纪晓岚是刘墉父亲刘统勋的得意门生。当年纪晓岚参加乡试时，得了第一名，就是刘统勋给他颁定的。当他被贬后，又是刘统勋提议他做《四库全书》的总撰，从而飞黄腾达。因而，刘墉父亲对纪晓岚是有知遇之恩的。纪晓岚与和珅的关系，也并非像电视剧里那般经常斗嘴斗法。虽然纪晓岚比和珅大了二十六岁，但是在编撰《四库全书》时，和珅是纪晓岚的顶头上司，且当年和珅权倾朝野，估计没几个人敢当面与他争风头。

纪晓岚的名气大，除了官职一路上升到礼部尚书、协办大学士外，编纂《四库全书》著作《阅微草堂笔记》也让其名声远扬。名人离不开逸事，更何况是位才高八斗学富五车，又有生活情趣的名人。纪晓岚最出名的就是大烟袋不离手，被人称作"纪大烟袋"，他的烟袋锅子比一般人的要大得多，一次能装三四两烟丝，编纂《四库全书》时，他从槐西老屋走到圆明园，烟袋锅子都不曾灭，可见其烟瘾之大。第二大爱好是吃肉，以肉为饭，文字记录"平生不谷食，面或偶尔食之，米则未曾上口也。饮时，只猪肉十盘，熬茶一壶耳"可见其特别喜欢吃猪肉，有说其厌恶吃鸭肉，一次误食鸭肉，以至呕吐不止，倒是奇闻。

纪晓岚这一生，除了因泄露机密被贬新疆一段时间外，八十一年的生涯大部分顺风顺水，工作上两件事干得最多：一是编书史，二是当考官。编书史，除《四库全书》外，还先后当过武英殿和三通馆的纂修官等，称一时之大手笔。而其数次当乡试、会试考官，门生甚众，为国家选拔了不少人才。纪晓岚卒后，嘉庆皇帝御赐碑文，谥号文达，极尽人臣之荣衰。纪晓岚自己著书立说，鞭挞腐朽百态，悲悯民间疾苦。其一生忠诚勤勉，清正廉明，成为后世为官之楷模。可谓是立功、立德、立言的三不朽圣人。

正如故居里南墙上的生平简介所说，这是天生的一个纪晓岚。

第三辑

思·人生

人生如逆旅，我亦是行人。苦苦探索人生是否有意义，答案随着年龄的增长却不断地变化。看历史哲人的总结，思悟着自己的经历，从随意的感性逐渐开始变得理性起来，越清晰就会越失意。

蹚过婚姻那条河

前不久，与一友人吃饭聊天，谈及了婚姻的话题。没过几天，他写了一篇关于婚姻的文章发在公众号上，名字叫《婚姻的三大价值》，朋友认为婚姻中要从情绪价值、经济价值、生育价值三个方面去平衡，在日常生活中把三大价值平衡好才能有美满的幸福。然而，现实生活中，虽然婚姻在外表是千篇一律的，非好即坏，其实每个人婚姻的好坏却各有千秋，若是婚姻能用一把尺子去衡量的话，事情反而简单了。

一百年前的春天，虎跑寺前的湖面上，两只小船，在微波荡漾的湖心相遇。一只船上立一着日本和服的女人，一穿袈裟的和尚双手合十站在另一只小船上。

她说：叔同。

他说：不要叫我叔同，叫我弘一。

她问：弘一法师，什么是爱？

他答：爱就是慈悲。

说完此话，他掉转船头，毅然决然划向彼岸。独留伤心欲绝的女人，撕心裂肺地呼喊：你慈悲对世人，为何独伤我？

这就是千古流芳的大德高僧弘一法师皈依时，给结发妻子的离别对白，也是留给世人对待婚姻的一个另类答案。

还有著名的鲁迅，声称是为了母亲娶了朱安，一生连睡觉都不愿意赏赐一次，婚后四十多年，虽是不离不弃，但形同陌路。后来，鲁迅对友人说，"她是我母亲的太太，不是我的太太。这是母亲送给我的一件礼物，我只负有一种赡养义务，爱情是我所不知道的。"话说得很轻巧，却让一个女人在婚姻的笼子里付出了一生的凄苦。多数人怪罪鲁迅的绝情，也有人埋怨朱安的固执，但是他们的无奈又有谁去理解？对于婚姻来说，很多是无法用所谓的价值来衡量的。

封建礼教，贞节牌坊，是旧时禁锢思想的枷锁，也成为所谓革命者扯下的那块遮羞布。历史上的实际状况也许并非大家在书中所见，究竟隐藏了多少龌龊之事，难以说清，你看到的这些记述，或许只是后人为了美化偶像而故意让你看到的。

百年后的今天，大家对待婚姻的态度与百年前早已千差万别。如今，恋爱自由，婚姻自由，几乎不需什么借口来阻挡你的任性，闪婚闪离都已变成常态。连著名的音乐人高晓松对待婚姻，都是那么的自如，当年遇到青春靓丽仅有19岁的夕又米，一见钟情，再见情浓，令自傲的高晓松几乎控制不住自己，没过几日，就着急忙慌地娶回了家，你侬我侬的情话说了一箩筐，狗粮撒遍四方。在婚姻里，高晓松按照自己的兴趣爱好，培养打磨妻子，让其成为自己的梦中人。五年后的一天，突然就没了感觉。于是，便洋洋洒洒地对夕又米说："我俩在一起，我感受不到快乐，咱们离婚吧。"潇洒地与西天的云彩作别，拔腿走人了。幸亏夕又米年轻靓丽，还有大把时间来重新规划自己的未来。大家似乎已经司空见惯一般，并没有太多的指责和讨伐。这世上，有才情且脸皮厚的男人，往往容易得到原谅。

这些所谓的破碎婚姻，听上去如此的荒诞离奇。他们符合友人提到的三个价值观？似乎都有一些关联，似乎又不太符合。婚姻好复杂呢，名人的婚姻能够惊天动地，是因为媒体记者挖空心思去琢磨编造，以满足世人的好奇心而已。得到的信息，都是凤毛麟角的边角料，真实的状况，或许是三个价值的不统一所致呢。

凡人呢，似乎要求美满的婚姻更非易事。根据美国心理学家鲁本的研究，真正情投意合，如鱼得水的婚姻不超过10%。有40%的婚姻是在"食之无味、弃之可惜"的情况下马马虎虎地得过且过。剩下的50%则活在"水深火热"之中，苦不堪言，但为了某些原因（如子女或经济），还是硬撑着过下去。这组数据乍听起来有些震惊，百分之八九十的婚姻竟然是凑合地进行，结论很容易让人们对婚姻失去希望。当然，也给许多人对婚姻的不满带来了一些慰藉，哦，原来多数人的婚姻状况几乎一样啊。

百度词条里对"婚姻"的定义是，泛指适龄男女按照相关法规的要求，在经济生活、精神物质等方面的自愿结合，并取得法律、伦理、医学、政治等层面的认可，双方共同生产生活并组成家庭的一种社会现象。简单理解就是，双方因为经济和精神等的需要，得到大家认可，生活在一起的方式。从"婚姻"的字面本义来看，婚是指女子黄昏时刻嫁过去，姻是指女婿家（婚姻并非女子因为发昏才结婚），也是一种形式而已。德国社会学家穆勒曾把婚姻归为三种动机，即经济、子女和感情。这样解释就清楚了，许多的婚姻问题都表现在这三个方面，也基本契合了上面友人所述的三个价值。

对于上面所说的那几位名人，在经济和子女教育方面应该没有问题，出问题则是在对婚姻的态度，情感追求方面。平常人的婚姻生活中，经济、子女教育等方面的问题占主要方面，而这些势必会影响两人的感情。因此，多数人理解的婚姻，更多强调了感情与婚姻的关联度。在现实生活中，感情却只是婚姻的一部分。在调研中，虽然百分之八九十的人对婚姻生活不满意（主要是感情生活），但是仍然愿意去凑合生活下去（还有经济和子女为纽带的原因）。

多数人蹚进婚姻的河里，目的是追求人生的幸福（当然鲁迅先生除外，他清楚地知道，娶朱安是为了母亲）。但是，人生漫长，一起走着走着就散了，都忘记了出发时的心愿。中国古代的结婚仪式烦冗复杂，多数礼节是做给外人看的，最重要的仪式是三拜，一拜天地，二拜高堂，夫妻对拜；意思是敬鬼神，孝长辈，互尊爱，一根红带相牵便永结同心，生死相随。虽然这种仪式有封建礼教残余，但是把婚姻的核心却做了很好的总结规划，敬、孝、爱缺一不可。

也许懂得了婚姻的真谛，再去珍视自己的婚姻，会看清楚许多。所以有的人宁肯晚结婚，精挑细选后，再决定终身大事。经历过婚姻坎坷的人，对婚姻的认识应该更深刻，知道婚姻中哪些是重要的，哪些是应该放弃的。不同的人对待婚姻，态度是迥异的，方式也是千差万别。有的人选择了不婚，有的人选择离婚，有的人在婚姻的河水里始终挣扎，却不肯上岸。

中国人有劝和不劝离的传统，宁拆一座庙，不拆一桩婚。封建礼教，道德和舆论的压力，也促使一部分婚姻得以维系。然而，婚姻如鞋子，舒不舒服只有脚知道，把鞋子里的沙子倒掉会舒服一些，或许穿的时间长了，彼此调和适应就成为习惯，忘记了起初不舒服的感觉；但若是长期大小不合适，又不想凑合着穿，那只有新鞋换旧鞋了。可是，新鞋合适不合适，又要去重新适应。可见离婚再婚确实是解决婚姻问题的一个办法，美国专家研究显示，重新组建家庭寻求婚姻幸福，比例很高，离婚者中有80％的男性与72％的女性还要再结婚。但是，离婚似乎并非解决问题的最好办法，因为第二次的离婚率是介于55％到75％之间的，也说明多数人并没有在再婚中找到自己的幸福。

对于相当一部分人来说，婚姻中出现问题，通过离婚可以解决部分痛苦，但是离婚后再婚仍然找不到幸福。当然除了那些家暴，吸毒等不得不离的婚姻，离婚似乎并不是一个好的选择。所以，要想办法一起在婚姻内继续牵手前行才对，然而道路漫漫，如何共同走好余生，无非是彼此要收敛彼此，学会宽容，学会经营婚姻的技巧。

其实，从幸福的婚姻中去寻找答案，或许是一条捷径。

参透婚姻本质，写出《围城》的钱锺书先生说，"婚姻就像一座围城，围城外的人想进来，围城里的人想出去。"然而，钱先生却从没想过要冲出围城，因为他年轻时就遇到了杨绛，被他称为"最才的女，最贤的妻"。两人的真挚情感把"婚姻是爱情的坟墓"这句话直接踩到了脚下，而且又踏上了另一只脚。

有人说，门当户对才是幸福婚姻的基石。这句话不绝对，却有内涵，门当户对培养的三观一致符合婚姻的价值。

钱锺书出生在大儒世家，杨绛出身名门之后，郎才女貌，爱好相同，事业上又相互鼓励，一生令世人艳羡。1943年，杨绛创作了话剧《称心如意》在上海上演后引起轰动，或许受到妻子成就的刺激，钱锺书蛰伏两年时间，写出《围城》从而与妻比翼齐飞。

婚姻中最怕的是无法比翼，一只翅膀飞得高，一只翅膀飞得低，容易失衡。婚姻又如同两人牵手爬高楼，出发的时候还能同步，同看风景共话未来，走着走着就有了快慢，你到了十八楼，他却在七楼，你看到的风景他不理解，他看到的风景你却早已厌倦。

杨绛嫁到钱家，从一个十指不沾的名门闺秀，却硬把自己打造成柴米油盐的主妇。知道钱锺书不会料理生活，便主动放弃学业去英国陪读，甘居幕后的照应。钱锺书一心做学问，生活上毛手毛脚，今天把瓶子摔了，明天把马桶堵了，杨绛只轻轻说一句，"没事的，我会处理的。"像安慰一个不谙世事的孩子。钱锺书知道自己的不好，便每日早起来，煎好鸡蛋，烤上面包，端给妻子，始终如一日。

爱情是两个人的事情，婚姻却是两个家庭的事情。上老下小，七姑八姨，柴米油盐，婚丧嫁娶，万千琐事就把浪漫的爱情埋葬进了婚姻里。兴趣相同可以志同道合，举案齐眉；性格互补则可以亲密无间，错落有致。知道却懒得去做，各自活在自己的世界里，慢慢地，婚姻便索然无味了。

钱锺书在《人·兽·鬼》的样书中，写下了这样的情话："赠予杨季康，绝无仅有地结合了各不相容的三者：妻子、情人、朋友。"这个评价算是男人对女人最高的褒奖吧。

杨绛把丈夫和女儿送走后，在深情回忆往事中写下了记录他们美好婚姻的《我们仨》，算是对这一完好婚姻爱情画上了句号，却留给了世人一幅可以追随学习的经典名画。

钱锺书与杨绛的婚恋生活，对应了英国传记作家描述的理想婚姻的状态："我见到她之前，从未想过要结婚，我娶了她几十年，从未后悔娶她，也从未想过要娶别的女人。"

天设地造的一对，似乎千古难寻。但是，相濡以沫的真情，却比比皆是。蹚过婚姻这条河，无论风平浪静还是激流湍涛，你驾驭的小船总会到达彼岸。

《围城》里说，爱情多半是不成功的，要么苦于终成眷属的厌倦，要么苦于未能终成眷属的悲哀。

那终成眷属的厌倦就是婚姻的常态，在婚姻的爱河里如何去行驶，学习驾驭的技术，模仿身边的经典，或者是弃舟而逃，全掌握在自己手中。

有味人生·断舍离

　　厨房的炒锅没用多久就生了锈,不好洗刷。于是,又从网上买了口新锅,把旧锅便丢到了橱柜里。家人让我直接扔掉,我想了想,锅未漏,不定哪天还有用呢。过了一段时间,偶尔见到旧锅,便觉得碍眼了,就扔到垃圾箱里,心里却仍有不舍之情。事后,在朋友圈发了感慨,"旧锅生锈尚未漏,新锅到手旧锅丢。忆苦难说断离舍,旧去新来锅上釉。"友人看到,留言荐我学学断舍离。

　　断舍离,是个比较时髦的词。日本作家山下英子写了《断舍离》一书。作者通过收拾杂物感悟到人生哲理,整理周边的物品,顺便把自己心里的念想一起做了整理,把自己认为不需要的物品和杂念进行舍弃,达到简单清爽的目的。从字面理解,断舍离三个字好像都是一个意思,作者却做了更深的注解,听上去倒是蛮有意思。她说:"断,指断绝不需要的东西;舍,舍弃多余的废物;离,脱离对物品的执着。"明白了断舍离的意思,但却对自己甩锅纠结一事,依然难以理解。

　　一口炒锅不值多少钱,锅未漏长了锈,丢掉心里很难受。反若是掉到地上摔碎，倒是不心疼。这不过是一种心结而已。年少时，长在农村，缺衣少食，买件衣服能穿数年，"左三年右三年，缝缝补补又三年"，姐姐穿完妹妹穿，妹妹穿完改衣衫；大衣服改小衣服，裤子改马甲，长袖改短袖。穷人家里的东西，用不坏用不烂，怎能轻易换。吃饭也如此，穷苦人家天天吃咸菜，偶尔炖锅菜，若是剩下，还可以吃两三顿。家里来了客人，吃剩的酒菜，一定不会舍掉，第二天合在一起大锅炖，做成另一种美味。不能温饱的年代，穷苦人家，哪里会断舍离，断舍了，可能就饿死了。节俭光荣，浪费可耻，勤俭持家的美德，已经打下了深深的烙印。即使日子富裕了，谈起断舍离，依然不舍，我心里清楚，这是一种环境养成的性格，也是一种怀旧的情结。

也有人说，断舍离是一种生活态度，和贫困富裕没太大关系。有些东西失去了作用，就应该丢弃掉。否则，占用生活空间，又牵扯精力，还可能给情绪添堵。用断舍离的生活方式去梳理生活和工作，变得理性客观，能够逻辑清楚，提高效率，从而实现清爽简单的目的，这也无可厚非。王阳明说的"知行合一"，是许多人一生的追求，能做到的人并不多，包括王阳明本人。知易行难，有些事，明白道理和能够做到之间的距离很远。同样，能够知道断舍离，又去很好地做到，也是一件不容易的事情。断舍离不仅仅是对物质，还有情感。断舍物质相对容易，当下没用、未来预判没用的东西，丢弃掉是理所应当。而情感是无法量化的东西，对情谊的割离，不同于对具体物品的断舍，物品见不到不会轻易想起，而情感留的印象都在记忆里，随时都可能浮现在心脑里，所以往往变得更加难以处理。无论是亲情、友情还是爱情，难说断舍离。情感只有暂时地放下，慢慢地忘却。所以才有了死灰复燃，藕断丝连的说法。对于情感的断舍离，要下决心。若是依然做不到，就拿"断舍离是一种生活态度"作为一种武器，去安慰自己，让自己做到果断和彻底。否则，就走回了老路，依然拿得起放不下，纠纠结结，蹉跎了岁月。

这世上对断舍离理解最透彻的人，弘一法师算是其中一位。"少年翩公子，中年风流士；断舍凡间物和情，从此世上无叔同。"能拿得起放得下的，又做得如此潇洒决绝，皆非凡人能所为。世人对李叔同出家多有争论，谤者赞者大有人在。自从李叔同出家后，一念放下，万般从容，从此一心向佛，成为高僧弘一法师。有人写诗评价他，"半世风流半世僧，道是无情却有情"。尤其是他对尘世间的情和物采取的断舍离，多人不理解。从李叔同出家时给妻子的信里可知，其对世间的俗事情谊早已看得透彻。他对妻子说，我们早晚都是要分别的，就当我是大限早临了。他把俗与僧的界限划得如阴阳隔世，既合情理又决绝，把断舍离提高了境界。

俗人和名人的区别，是俗人对很多事儿拎不清。儿时在农村，有人送家里一筐苹果，奶奶总是挑那些烂了一个坑的吃，烂一个吃一个，没烂的不舍得吃，最后吃完了，发现吃的全是烂苹果。断舍离纠结的根本还是不舍得！舍得则是一门学问。

中国有一款白酒叫"舍得"，它的广告词很好，"天下智慧皆舍得，智慧人生，品味舍得，舍得酒。"舍得舍得，有舍才有得。也许，人生做好断舍离，你就能够得到你想要的。

午后的阳光碎了一地

蓦然回首，还没弄清楚自己活着的意义，却发现竟然到了中年。用我老家的话来说，俨然是黄土埋了大半截的人，依然连孔老夫子的"四十不惑，五十知天命"都弄不太明白。倒是难为了大街上遇到的孩童，看到了半秃半花的发型，不知道称呼你什么。叫你声爷爷奶奶吧，怕你不高兴，叫你声叔叔阿姨吧，孩童似乎也不愿意开口。自己用染发剂把花白的头发染黑，专门去买那些二十几岁的小伙子小姑娘穿的花色，穿在身上，只等着同事和朋友夸一句，嘿，看上去真年轻！心里便美滋滋了。仔细一琢磨，原来人家说的竟然是——看上去。

精心地打扮也阻挡不了中年的光临。

突然有一天，你发现手机上的字体模糊了，你以为手机屏幕花了呢，拿一块干净的布子擦了擦，却依然看不清，正在纳闷的时候，看到有老人戴着花镜路过，才开始怀疑自己，难道眼花了？怎么可能呢，老花眼，只有老人才花眼呢。使劲揉揉眼再去看手机，却又清楚了，心里一喜，原来是虚惊一场。

可是过不了几天，看到的东西又开始模糊，这次才不情愿地相信了。不单单是花眼，还有那可恨的血压，不知哪天就高了，还总是不知不觉中让你有感觉。无论你如何怀疑血压仪，但内心的恐惧却让你不得不跑到医院去问医生，还厚着脸皮去问表情凝重的"白大褂"："究竟是什么原因导致的血压高了啊？"被白大褂一脸不屑地怼了一句，"你到年龄了，吃药吧！"听到这句话后，仿若五雷轰顶，让你呆若木鸡。

回来后才晓得，和你差不多年纪的同学同事，人家都吃药好几年了，只是没告诉你而已。你从此也不再纠结，每天听话地定好闹铃按时吃药，也没把自己当成病人，吃喝抽好像也没耽误。还有啊，门前曾经一跃而过的半截土墙和那条不宽不窄的水渠，有一天就开始有意识地绕着它们走过去，不再像过去一样，一蹦就过去了。偶尔喝了酒，会试着去蹦一次，却引来了老伴的责备："不要命了啊，你以为你还是小青年啊！"

有人说，杯子里最好不要泡枸杞，否则就证明了你是油腻的中年男人。其实，油不油腻是另一码事，泡不泡枸杞都要承认自己已经到了中年。

中年又是个多事之秋，社会、工作、生活、情感、健康都要照顾，历经数年，多数人形成了鲜明的个性和风格，不肯再轻易改变，有人看透了世态，也不再去在乎外界的说辞。

中年人的社交圈，微信里的朋友圈，同学战友圈，也不再如过去时那般的随声附和，一呼百拥。各自按照各自方式活着，偶尔在圈子里聚聚会、抬抬杠、讲讲笑话，活跃一下气氛，刷个存在感，知道彼此还过得不错就好。

有时候，突然有些意外发生，令人措手不及，就把隐藏在人到中年的积蓄就抖落出来，似乎突如其来的洒脱，往往让人目瞪口呆。

到了中年，若还不明白这些事情，你就认命吧。若是到了中年还不相信命运，只能说明你还不成熟。到了中年还不成熟，那就做个老顽童吧。周伯通其实过得要比你幸福，高兴时喝酒不高兴时睡觉。

"耳里频闻故人死，眼前唯觉少年多"，这是世事的轮回，阻挡不住时光，就享受吧。别叹息，别悔恨，谁不曾年少过？

午后的阳光虽然碎了一地，仰望蓝天依然还很耀眼，更何况前面还有夕阳，还有星辰满天。

情逝何处

　　欧美的电视剧里，邻里之间多年彼此之间互不往来。父母与子女也似乎可以多年不来往，见了面也总是客客气气。感叹外国人对待感情如此冷漠，不近人情。完全不像我们中国人，相互之间，有来有往、情真意切。仿佛重情重义是中华民族的优良传统。

　　从农村长大的人，经常回忆起那些暖人的画面。小孩子可以在饭点时间，在任何一个邻居家吃饭，甚至住下不回家，傍晚时分，家长找不到孩子，竟不知孩子去了谁家。家里有婚丧嫁娶，扒屋盖房的大事，不用通知，家家户户便会派劳力上门帮忙，就像自家有事一样，来干活的人也不惜力气。谁家来了亲戚，招呼几个熟悉的街坊，炒菜，包饺子，陪酒，陪客，直到把亲戚喝得东倒西歪，一群人送到村口，好像不这样做，不能显示出主人家的热情好客一般。农忙时，你帮我割麦子，我帮你晒粮食。农闲时，邻里间走门串户，有事喝酒没事喝茶。胡同口，三五成群，看月亮唠家常。无论农忙还是过节，大家其乐融融，邻里之间一团和气。

那时的城里人也差不多，住在大杂院里，炒个菜炖个肉，全院的人都能闻得见，万不能一家人吃独食，一定要挨门挨户地舀半碗送一下，回来自己吃才踏实。住得近，彼此之间磕磕碰碰总是难免的，勺子还难免碰锅沿呢，更何况抬头不见低头见，虽有些矛盾但都要顾及面子，说不定哪天又需要邻居帮忙呢。

　　后来从大杂院又搬到楼上，邻里之间挨得不那么近了，但是也会经常串门聊天，家长里短都熟络。来个客人，去邻居家，借椅凳，借碗碟，缺油盐酱醋，到邻家要一碗。买个新房搬个新家，也成了街坊邻居家的大事，一大群人帮着搬箱倒柜、肩扛车拉，男人们出着力气，女人们则一起挤到厨房里，帮着洗菜下锅，热热闹闹地喝起酒来。搬家成了既有面子又有里子的事情，那时的邻里关系，亲近得很。

　　亲戚朋友就更不用说了，古话说得好，"在家靠父母，有难亲戚帮，出门靠朋友，心里不发慌"。那时，过年过节的主要事情就是走亲戚，看朋友。相互之间你来我往，关系越走越近，来来往往互为礼遇。家里来个亲戚朋友，犹如贵宾到家，都是高接远迎，把存了许久不舍得喝的好酒从床下面拿出来，好酒好菜，热情招待，回访的时候，也是得到同样的待遇。当一个人遇到困难的事情，他首先想到的便是经常走动的亲戚朋友。尤其是借钱，能够去开口的，都是近亲和密友。往往慷慨解囊的也是他们，有时候，在亲戚朋友的眼里，你的困难比他们自己的还要上心。

　　过去的岁月，无论是农村还是城里，邻里之间，亲戚朋友，情感就是一条纽带，连接起了你我，携手度过了最艰苦的岁月。

　　可是呢，再看看现在的我们，似乎这一切都成了过去。人和人的感情，仿若都在沿着国外薄情寡义的路子往前走，彼此之间的感情渐渐地变淡。那些曾经亲密的情感，究竟去了哪里？

　　仔细想来，也不难寻出规律。物资匮乏的年代，相互救济，彼此之间的帮助，成为大家生活下去必不可少的依赖。情感亲近，也是得到帮助的必要条件。随着经济的发展，收入的增加，原来靠人情解决的问题，现在用货币或者物质交换就可以办到，经济成为相互之间依存的关系，部分替代了过去的亲情关系。

如此看来，国外那种淡薄的人际关系，是经济发展的必然产物。中国三十多年的快速发展，物质极大丰富了人民的生活，农村城镇化，城市国际化发展，让世界也成为地球村，世界在变化，我们自然跟随，生活越来越与世界同步，习惯、文化和文明，也与发达的国家逐渐趋同。

现在的农村，除了部分偏远的地区，基本上都实现了生活的现代化。交通和信息的发达，加速了人员的流动，青壮年的人都外出打工。有的村里只剩下留守的老人和小孩，老人的观念，还让村子里尚存有过去的一些传统。但是，随着农村的年轻人在外闯荡世界的时间长了，都市的精神文化与思维已经潜入思想里，那些传统的东西逐渐就丢失了。

过去盖房修屋的大事，今天可以用钱去承包给那些包工头；婚丧嫁娶的仪式也越来越城里化，做个简单仪式，在酒店摆几桌就完事。这些曾经的大事，如今不再需要街坊邻居的帮忙，只要有钱就可以让别人替代。有时，即使想让他们帮忙，也是要算个经济账的。

再看城市里，那些钢筋混凝土的格子间里住着的人，都在忙碌着各自的事情。网络的发展，解决了衣食住行，不出门便可知天下事，不出门一切事情似乎都能解决。经济越发达，人的独立性就越强，相互之间的依存度，自然会降低。城里的人，早出晚归地上班，你和邻居碰到一起的机会并不多。多数人甚至连对门家邻居长什么模样都不知道，这已经不是什么奇怪的事情了。

古语说，"远亲不如近邻"是指邻居在身边，抬头不见低头见，帮忙的机会自然多，比远方的亲戚要亲近。而如今，近邻和远亲都差不多，最亲的是手机，似乎离了谁都行，离开手机一会儿便无法活。

血缘关系本是剪不断的情感纽带，亲戚这个曾经最牢固的关系，似乎也在变化。老话说，"姑表亲辈辈亲，砸断骨头连着筋"，如今别说姑表亲，即使亲兄弟都可能一年半载见不上面，有些在过去血缘很近的亲戚，年轻人之间也是不互相往来的，没有往来也就少了情谊。现在尚能拴住血缘关系的，就是家里还有老人健在，逢年过节，挨得近的上门探望一下，挨得远的，电话视频问候一声。老人一离世，亲戚们便从此各奔东西，减少了来往。除非某日在大街上碰到，相互客套一下，即使留下电话，也不会联系。

当然，"穷在闹市无人问，富在深山有远亲"这句话在当下依然适用，它是一种物质关系，并非血缘关系。只是把亲戚这层关系当成了媒介而已。

古往今来，朋友是必不可少的，因为都知道"朋友多了路好走"。年轻时，又都喜欢交朋友，尤甚喜结识那些权贵之人，近朱者赤近墨者黑，混的时间长了也会进步，应该说这是一种积极上进的态度。一生交往的朋友多了，朋友之情也就有了分类，所以就有了八拜之交，酒肉之交，君子之交，忘年之交，生死之交等。

到了一定年纪，才发现，交情是有深浅的，有些是值得一辈子珍惜，多数的交情不过是一面之交而已，有的交往还要辅助利益交换才算作是情谊。明白了后，于是开始做减法，把通讯录里多年不联系的号码删掉，也不再有事没事地去找人聊天，彼此之间也就很快生疏了。其实，人生有三两知己足矣，多了似乎无益。原来的交往也没错，有些道理只有经历了才能感悟到。

这些改变是错吗，情感流逝是错吗？答案不一定，社会的发展，让人们回归理性。物资缺乏的年代，情感是纽带，人人互助的方式解决物资的匮乏。如今，物质是物质，情感是情感，拎得更加清楚而已。有些情感是无法用物质替代的，有些观念也是要改变的。比如：父母与儿女的情感，夫妻之间的感情。

作家莫言把社会关系看得清楚，他说："我只对两种人负责，一是生我的，二是我生的。"意思是，对父母孝敬和子女的养育是一种责任，对他人的情感则无需像对这两种人一样负责。

过去在我们老家农村，即使再穷，无论如何也要生个儿子，生的女儿最终还是嫁给别人家，只有有了儿子一家才有指望，才有底气，所以普遍存在着重男轻女的观念。后来，计划生育政策只允许生一个，倒是拉近了男女平等，墙上的宣传口号写着："时代不同了，生男生女都一样。"无论儿子女儿，当自己老了，只要孩子在身边都可以照顾，说到底，那时生儿育女的目的就是养老。

经济和文化的发展，让思想逐渐开明，开始注重生活的质量，养育儿女的目的也在转化，在抚养儿女的过程中寻找到快乐，培养子女成才的过程中实现自己理想的升华。发达的地区，有意识地培养儿女的独立生存能力，像动物一样，让他们回归山林独立闯荡，就完成了自己的责任。而自己有计划地储备养老能量，目的是不麻烦子女。因而保姆、养老院就应运而生，只要有物质基础，就能满足你的养老需求，甚至比儿女赡养得更好。这种方式普遍推开，又催生了人们婚育观念的转变。不婚不育的现象开始出现，完全自我的生活模式开始涌现。由此可见，社会的发展与进步，那种养儿防老的观念，大不如从前了。

再说夫妻之间的感情，如今也是纷繁复杂，光看一些统计数字，离婚比结婚的都要多，离婚率也是年年增长。抛却这些纷杂的男女情感，单说"少年夫妻老来伴"的观念。从前的农村大多数婚姻，甚至城市，多是父母之命媒妁之言订的亲，结了婚就是嫁鸡随鸡，嫁狗随狗了，无论是男人胡闹打骂，还是女人撒泼刁蛮，都要凑合着过一辈子。婚姻的目的无外乎是老了以后，相互之间有个照应，有病有灾时，床前可以端茶倒水，哪怕是对方耷拉着脸子，也比没人照看强得多。而在20世纪80年代之后，多是自由恋爱，就有了现代的爱情之说，再后来，结婚离婚就像流水席，今天结明天离的有之，离婚再娶再嫁有之，大家也见多不怪，习以为常了。

现在，无论农村人还是城里人，都有了些积蓄，养老的钱也事先攒了出来，便不再想去看对方的脸子凑合一辈子。家底厚实点的，年纪一大进个高档些的养老院，或者在家找个保姆，用钱购买养老的服务，过的也是不错的。经济富裕的国家早已走出了一条路子，对待婚姻的感情，似乎淡薄了许多。其实无非是在寻求内心的理想，经济越发展，物质基础就给内心增添了底气。

流逝的情感去了哪里？答案已经分明，被时代发展的潮流带走了一部分，被物质代替了一部分，还有一部分情感自己走丢了。

文明越进步，越回归理性与超脱。

蜕变

每年春末夏初，手指、脚掌的表层都会起皮脱落，虽然疼痒不舒服，但我知道这是新陈代谢，身体自发地吐故纳新来保持青春的再生。蛇每年也都是蜕皮的，有时一年好几次，虽经历痛楚，但也是乐此不疲。

坐地日行八万里，在不知不觉中转换着时空。岁月流逝，带走了童稚，沉淀了成熟，不知不觉中性情变了，人心变了。变，蛇变，人变，这些都是重生。

地球是圆的，世界是圆的，人生也是圆的。走着走着就兜圈回到原点。回归本真就是目标，起初模糊彷徨，然后越来越清晰，最后才明白，走的过程中，不断变来变去，去创新，去寻找捷径。殊途同归，以始为终以终，为始。嗨，人生就是兜圈圈，绕来绕去还是回到了起点。不用后悔，绕着圈子就是人生。其中的蜕变，是不同的经历，不同的感受，才有不同的人生。

主动去变则是痛苦的，其中断舍离是功课，犹如断臂疗毒，斩断了却不见得治愈病毒。不仅仅是身体之痛，更有心灵的煎熬。有时甚至想打退堂鼓，算了，何必呢，怎样过不是一生啊，折腾来折腾去，图个啥？但是，越成长越清楚，兜圈子的人生不就是折腾吗？平平淡淡的，多没意思。这样想，心就踏实了，变化带来的痛苦就小了。身体的伤口还在滴血，感觉上就没那么疼了。

周围都是在变的，斗转星移，日新月异，四季更替，寒来暑往。昨天心花怒放，今天凋零满地。刚刚斜风细雨，一会儿风平浪静。人也是变的，物是人非，前几日还喜欢和狐朋狗友把酒言欢，谈天说地。今天却窝在家里四门不出，读书喝茶。并非休养生息，来日再战，而是突然觉得碌碌无趣，白活此生。要改变一种生活方式，换一种活法。问了年纪大的，多数人在这个年纪都有这样的想法。噢，这样也对，并非特立独行，人生蜕变正当时。

想法和做法总是大相径庭。许多人以为想到了就以为做到了，其实大多数人都做不到。王阳明说，知行合一，知和行是同时的，不是割裂开的，否则不叫明白。人的道行迥异，修行的结果也是天上地下。蛇可以修炼成白素贞，也可能幻化成蚯蚓。凤凰浴火重生成功涅槃，也可能焚化成烤鸡。有命有运，更有自己的造化。选择一瓶水，一壶茶，还是一杯酒的生活方式，既是命运的抉择，也是自己努力的结果。

花开花落，潮落潮涨。世间变化已成常态，不能确定的是变化的速度。谁也无法把握自己的未来，在变化中把当下活好就可以了。

放过自己

　　放下，就是放过自己。

　　我们经常劝人"拿得起，放得下"，可是真能做到的有几个人呢？人非草木，有思想，有情感，有好恶，有得失。有些事情拿起来容易，捧在手里的时候，却发现拥有了很多的负累。需要你放下的时候，会斟酌再三，会犹犹豫豫，不敢轻易或者根本不能潇洒地放下。人生苦短，却要经历太多。亲人离去，生意失败，婚姻破裂，朋友反目，人生中太多的正常和意外。一件事，一份情，都可能刻骨铭心地留在记忆里。每当特定的季节，特定的时辰，或者在月亮升起的时候，或者在某个醒来的清晨，或者随时随地都会想起。有人想想就过去了，有人却沉浸在其中，不能自拔。就像酒瘾、烟瘾一般，知道不好，却没办法戒掉，若隐若现地跟随了几十年，不能走出心里的魔咒。

　　放，是松开，下，是卸下。松开是前提，卸下是目的。很多时候，我们放不下，是因为不舍，所以难松手，难割舍。一件事情，或利益或情感，自己可能付出了很多，也可能得到了很多，尚未准备好就突然之间失去了，心有不甘或者难以接受，总想挽回或者弥补。于是，双手紧紧握着残存的记忆，不愿意松开。事实可能人已走远，事情早已了结，只是自己不愿意接受，不想接受而已。

有人说，事情已经过去，我知道于事无补也要去做。这是一种情怀，是一种执念。参加过老山前线的战士，每年都去探望和照顾牺牲战友的母亲，坚持多年，这是一种对情谊的坚守。电视剧《上海滩》里，冯程程举枪面对杀死自己父亲的许文强，没有开枪，是放下，放过他人也放过了自己。

如果说刻意坚守是一种情怀，那么我们真的不能放下吗？有些过去的事其实并不重要，或许只是你自己看得太重了。真的需要你用一生来偿还吗？仔细考虑过后，也许未必吧。你所看重的情感或者利益，真的就不能松手吗？只是不舍而已。其实，这个世上没有不可断舍的，失去了，就意味着它首先放弃了你，你的不舍也许就是一种累赘，无论对你还是对别人。最后一个扎心的问题，你在别人那里真的有那么重要吗？或许别人早就忘了，或许只是你在自作多情。想想这些，也许可以释怀，狠狠心想明白也就放下了。放下过往，埋藏记忆；放不下的事情多是一些早已成为过去的事，面对现实，既然是过去就让它成为过去，成为生命旅程的一段，若是快乐的，就是一段美好回忆，失去了，代表它本身就不应该属于你。若是痛苦的，当成一次经验和经历，世界本身就是不完美的，何必总是纠结过往呢。若是不能忘记，就把它珍藏进角落里，让时光把它掩盖起来，当作文物保护起来，但是不要轻易去打扰它。这才是对过往的一种尊重。

放下负累，善待自己；多年背负一件事情，逐渐就成了负累，让身体和精神受到折磨，思想上会压抑，时间久了不但影响健康，还影响着人的情绪。原本的生活充满了阳光和生趣，而负累的天空随时都会飘来阴霾，本可以轻松上路，因为负累踟蹰不前，畏首畏尾，影响生活的质量，画地为牢囚禁了自我。从阴霾里走出来，既是卸下包袱，也是在善待自己。生活本来就很累，别让自己再去承担那份早该丢弃的负累。

放下屠刀，立地成佛；被世人解读为劝人弃恶从善的良言，其本意并非如此，屠刀也并非杀人的刀，而是指妄意、妄言、妄行三业等。简单说就是放下一切，你就是佛！放下，也是修行最难的一门功课，也只有放下才能修得正果。

放下执念，回归安宁；放不下是因为你不愿意放下，一切都是在为不愿意放下找借口。一个人的执念，会让自己迷失，沉浸其中难以自拔。而月色朦胧，小雨飘落，你把陈年往事取出来，让房间里充满忧伤，再配一段音乐，眼泪就流了下来，这是享受，不是痛苦。该坚持的要坚持到底，不该执念的叫固执，就偏激了。理清执念的源头，给自己的内心一份安宁。

我们没办法像李叔同一样潇洒地转身，从红尘到佛门只轻轻地说了一句"爱就是慈悲"，便从世间李叔同转化为禅宗弘一大法师，岂是普通人能为之。

但是，我们可以轻声对自己说："放下，就放过自己。"

岁月磨不掉的青春

当发现周围的孩子在不知不觉长大，当久别的故居变得逐渐从熟悉到陌生，这时才发现，青春的尾巴越来越短了。

乡村的记忆，越来越模糊，熟悉的景象已面目全非，那份浓浓的乡情也随时代的变换在渐渐地淡薄。

早年的小河早已干涸，绿色悄然掩盖了它的历史，远远望去，一条深绿的沟渠，仿佛从未见过溪流一般。但在那色彩斑斓的记忆中，它如此丰满，清清的水，绿绿的藻，伴着那脆脆的蛙声，欢快的鱼儿在跳跃。河边一溜的洗衣女人，在嬉闹的笑语中，整齐的棒槌捣衣的敲打声不绝于耳，光屁股的小孩拿着装馒头片的玻璃罐子在等笨笨的大虾入瓮。

屋顶处，地面上，屋檐下，到处都是丰收的景色，男女老少都在忙东忙西，却看不到疲倦和忧愁，只有偷懒的汉子才会惹来家人句句的怨骂声，但听起来也没觉得多么的刺耳。

透过简陋的大门，看到那深深的庭院，一砖一瓦都在诉说着古老的故事，在一边蹦跳的孩子，顺手用竹竿打着树梢上的枣子，满是皱纹的树干在慈祥地宠着微笑。

残垣破壁人早逝，空留旧照谁人知。满地的青苔还在努力挽留着青春的记忆，飘荡在外地的游子，身在千里外，梦萦少年时。驻足几个小时，看看这即将倾倒的老屋，不禁心起寒漪，再过几年，这老屋岂不荡然无存？

树更绿了，风更清了，日子也更舒坦了。我也快老了！

那个倒扣的水泥大缸，成了农闲时的牌桌。那些熟悉的脸庞，开始爬满了皱纹，开始声音沙哑，开始泪眼模糊，开始记忆衰退，一切都会开始。

广场上，音乐声声，那些拿着彩扇子的女人，在跳着广场舞。那可是多年前的那群青涩少女。

只有这青春的舞动啊，才是现在的故乡。拍了照，留了影，开始启程，正在启航。

一生何求

有时候，觉得自己好失败。

忙碌半生，至今看不清人生的意义，就像迷雾里行车，不知道如何过来，也不知驶往何处，当下的自我四周也是一片迷茫。

我经常追问自己，世间万物，你究竟要什么。吃喝玩乐，声色犬马；金玉满堂，肥马轻裘；高官厚禄，权倾朝野；才高八斗，名满天下……琳琅满目的目标，哪个是你最钟情，拥有了这些就能满足你的欲望吗？因为不曾拥有，也不知答案，但是感觉告诉我，这些似乎都不是我所要的。

古人云：天下熙熙，皆为利来；天下攘攘，皆为利往。那么我的利在哪？是精神还是物质，是情感还是名誉？似乎都是，似乎又都不是，就像离弦的箭，若起初没有目标，射到哪中到哪，结果往往是偶有惊喜而多是失望。

过往所有的努力，换来短暂的欢娱，回头再望时往往又患得患失。尽心尽力地付出，或许赢得了四邻八舍的夸赞，也会如孩童一般洋洋得意一番。然而，事后发现，这些赞歌迷惑了耳朵，也迷惑了大脑。醒来后，发现你还是你，并没有因为这些获得而让你变得清醒。

起高楼，宴宾客。你跟着添砖加瓦，举杯呐喊，折腾得大汗淋漓，声嘶力竭。到头来，独门寒窗，襄衣洞履，哀叹天命，无人怜，更无人知。况多人笑我，傻。有时觉得这种说法很对。

众人眼里的你，好像一个自己从未谋面的路人。心中那个真实的自己，又是个看不到面目的幽灵。孤魂野鬼般游荡在这满是人精的丛林里。环望四周，满目疮痍。万千世界，四大皆空。既看不破红尘，又无法淡泊名利。跌跌撞撞，浑浑噩噩，不知当所言，更不知何所终。

朋友，你是否如我一般困惑，若非如我般探求，告诉我答案。

春光祭

　　每到清明节的日子，总会梦到逝去多年的亲人。那些慈祥的面容，还有亲切的唠叨。一切仿佛就在昨日，其实已经匆匆数年。有了怀念，就有感伤。亲情一去不复还，多少往事梦萦绕。但是，前几年还能清晰地记住那些细琐的事情，随着日子递进，就只剩了轮廓，后来就剩下了感伤。而且，越来越淡了，慢慢记不起了。曾经，多么深切的感情啊，怎能说忘就忘呢，我不想薄情，但是却总是记不得。难道亲情无法抗拒时光吗？我一直不明白。

　　曾经的爱情也是轰轰烈烈的。在爱情里，完全地相信可以海枯石烂，也可以地老天荒。这铮铮誓言，那可不是头脑发热，而是来自内心深处的誓言。多少人为了爱情，可以头破血流，可以赴汤蹈火，也可以众叛亲离。然而，就是有那么一天，曾经地动山摇的爱情，突然之间就消失了。分得毅然决然，分得手起刀落。或许，后来的某一天，悔不当初，捶胸顿足，痛哭流涕。但是，错过就错过了，只有望见落日的忧伤，慢慢地就释然了，原谅了他，也原谅了自己。美好的往事，时不时就会出现在脑海里。或许，此山此水，此情此景，会勾起那段曾经的时光往事，或不忍直视，或情不自禁。

可是，记忆随着时光在流逝，情感也像玻璃容器里的流沙，慢慢地滑落，不知不觉中剩下的不多了。那些曾经的美好，逐渐沉睡在记忆里，被时光的落叶一层层掩埋，曾经的炙热慢慢被煮成了岩浆，依然炙热，却被深埋在深深的地表下，静静地流淌，化成了温顺的河流。有一日，再次从火山口喷涌而出，依然还是那么青春热烈，愤懑把积攒的忧伤直冲云天，俯视着大地，狂野地散落，却发现迎接它的那片森林，那块土地，早已成为陌路，只好故作潇洒，化为落寞的灰烬随意地散落。

时光也把故乡打磨得和爱情一样，模糊、酸痛、忧伤。有人说，回不去的地方才称得上为故乡，距离把身子隔离，时空把灵魂留在了异地。斑驳的记忆，留着儿时的身影，和欢快的童年，这是脑海里故乡的模样。世俗让乡音不再亲切，烦琐让情绪不再和故乡粘连。每个人似乎都成了浮萍，故意不再把根扎进泥土，随着波浪肆意地漂荡。其实，故乡的影子一直在心里，只是它抓不住你，你也抓不住它。偶尔忆起田野的春光，那些四处流窜的土狼。这时才明白，只有流浪才是对故乡的向往。

日复一日，年复一年。春光不负任何岁月，没有留恋得一往无前。它带走了童稚，带走了青春年少，剃走了青丝，只留下半秃的时节。环顾四周，春光无限好，到处都是淡淡的忧伤。可是，忧伤又有何用呢，老大再伤悲，少壮也回不来。其实，人生何处不是春，阳光天天明媚，四季处处花香。只要抓住这四处游走的春光，拥抱它，亲吻它，你就是春光，走到哪都不会感到悲伤。请记住，未来的岁月，你就是春光。

蓝天白云，青山碧海。趁春光明媚，四时吉祥，骑上白马去驰骋。春风荡漾，用针线串起那些亲情、爱情、乡情里的美好，做成华丽的霓裳，在扬鞭策马中让它随风飘荡，在一望无际的绿地上，踏出人生最美的乐章。也许，这样才能不负明媚的春光。

我的理想国

突然发现，我是个理想主义者。

总是纳闷周围的人在很多方面和自己想的不一样，做的也不一样，甚至有时会完全的格格不入，甚为烦恼和痛苦。细细想来，原来是每个人都固守在一个无形的墙壁构筑成的房子里，它有门有窗，但是都是从里向外开的，外面的人如何也不会轻易打开，这里就是各自的理想国。我的理想国，构筑数十年，似乎越来越坚固了。

每个人都有一个自己的理想国，你们的和我的肯定不太一样。

年轻时，父亲对我说，人生风险无处不在，要事事小心。父亲还说，人性多变，平日要谨言慎行，更要处处提防小人。我天生愚钝，父亲的善言早做耳旁风。一直傻傻地活着，一根筋地往前走。行至半生虽跌跌撞撞，倒也顺利。回首过往，发现自己没有遇到多少风险，也没有遇到所说的那些恶人。转念一想，并非人生处处顺心如意，只是自我感觉良好而已。这种感觉或许和我的价值观有关系，或许与母亲的教导有关，她说，看人要看优点，看己要看不足。这也即金樱所说的静坐常思己过，闲谈莫论人非的观点。这些观点给了我保护罩，让那些别有用心的人无机可乘，这些观念也给了我滤镜，对小人行径视而不见。这些观念，是我的理想国的基石，相信一切美好都会构筑起爱的围墙。

我相信人生是美满的。那些不幸的人生，总有一天会被幸福填满，那些人生的缺憾，总会有一些优于他人的优点赋予补偿。祈祷会给人憧憬，令人奋斗，改变命运，实现梦想。幸福的人生，若是不加珍惜，就会带来逆转，惩罚那些倒行逆施的恶人。你会看到有些穷人通过奋斗实现富足，而那些出身高贵，生来衣食无忧的人，傲慢自大，不学无术变得碌碌无为，结局惨淡。懂得人生是平淡的，就会去奋斗，去珍惜，从而生活充实，社会有序。

人被生下来，就要活下去，期盼活得健康长寿，还要快乐，这是大多数人的梦想。出身有差距，环境有分别，人生各有各的精彩，不能一概而论，也不能相提并论。出生在战乱的世道，活命是第一要务，坎坷也能成为传奇。生逢盛世，少了苦难的经历，多了现世安稳的心境，令艺术思想升华。

人成年后，工作与生活占满了每一天。工作的目的是更好地生活，有些人只会辛苦地工作，当风霜写在脸上，变成了沧桑的沟壑，突然想起这世上还有生活，他把生活当成了活着。在我的理想国里，工作是快乐的，在工作中只要努力就有好的收成。生活要感到幸福，否则生活就是煎熬，所以要想办法让生活幸福。把工作和生活当成一对相恋的爱人，用工作的收获来给幸福的生活增加情调。

人与动物最大的区别在于有情感，亲情、爱情、友情是一生中最重要的三种情感，同时拥有是一种奢望，它们在我的理想国里都有标准答案，家庭和睦，其乐融融，温馨是主题，家庭是在外漂泊者的港湾，老人健康快乐，子女幸福乐业，各得其乐，此谓亲情的圆满。对于爱情，要有憧憬，举案齐眉、相敬如宾做不到的话，两不生厌、各自安稳也是一种选择。不像杨绛、钱锺书那样对目柔情，也要像王志文所说的，至少要找一个能一起好好说话的人在一起，否则不如不找。爱情路上，如何防止越来越平淡，是个大课题，需要一辈子去想办法解决，理想国里只给答案，并没有理想的方法。活了大半生的人珍惜友情，因为友情让你不孤独，其实这也是相对的，人早晚都要面对孤独的，任何情都不会替代内心的孤独。但是友情会使心得到温暖，有朋友在，心就不会变凉，三五知己，是一路相伴的风景，不会寂寞倒是真的。

我清楚地知道，我的理想国只在我的心里。它是我的指南针，带领我的各种观念一直向前，向着光亮行走。我相信有理想国的存在，才不会迷失方向，不会丢失自我。我也知道现实与理想的差距，现实里掺杂了太多的东西，把一个纯情的小姑娘打扮得花枝招展，迷惑了他人，也迷惑了自我。在我的理想国里，我相信人性是善良的，没有阴谋诡计，也没有尔虞我诈。现实世界里，人性虽然向善，但是在利益面前，就会撕去伪装，把恶的一面展露出来，面目狰狞，丑态百出，达到目的后更是忘乎所以，令人失望至极。好在世界是平的，所有的一切都会得到平衡，所谓善恶有报。

理想国从塑造到建成需要几十年，有些人的理想国随着年龄、阅历的增加会越来越稳固，有些人的理想国在现实的侵袭下，就会轰然倒塌，觉得理想不过是理想而已，永远不会企及。有的人则会坚守自己的理想国，让现实逐渐靠近自己的理想，我钟情于后者。孔子说，四十不惑，五十知天命。我理解的不惑是，明白了哪些是理想，哪些是现实，有些现实永远不会成为你理想中的目标，有些理想永远就是理想。知天命就是，这些都是上天注定的，属于你的早晚都属于你，不用去刻意争抢，命里有时终须有。虽有宿命论的论调，但是也有人说，到了这个年纪还不信命，你简直就白活了。

其实，心里有个理想国挺幸福的。在自己的理想国里，你可以随意生活，那是个封闭的世界，要什么有什么，你是你的主宰，就像是，一个人待在一个封闭的屋子里，或坐或卧，随性而为，自由洒脱。从窗子里看看外面的世界，人来人往，熙熙攘攘，嘈嘈杂杂，真累真烦。拉上窗帘，打开音乐，不如闭上眼睛徜徉在自己的理想国里，自由地驰骋，直到离开这个世界。

第四辑

读·精品

　　读书是人生的一大乐趣，把读书的感悟记下来，再延伸出新的东西，就会乐上加乐。书中有黄金屋、颜如玉，还有你想知道的一切。可惜一个人的精力有限，能够学习到的仅仅是九牛一毛，坚持读，坚持记，就会逐渐超越曾经的自己。

幸福的安娜

懒人做事，总能找到捷径。

列夫·托尔斯泰的《安娜·卡列尼娜》，八十多万字的巨著，正常阅读需要用一两个月才能看完，对懒人来说，简直就是折磨。毕竟是名著，其自带光芒，令爱读之人又无法阻挡其诱惑，怎么办？懒人有招，通过看电影而知其精华。电影本身就是对原著的凝练，岂不是一件既掌握作品精华又不浪费时间的美事，算不算亵渎原著不知道，但愿托老和他的粉丝们别打我。

记得初中课本里有《安娜·卡列尼娜》的片段，语文老师讲解点评时，他愤怒的表情让脸上的褶皱拧成了一个疙瘩，语言中对安娜、卡列宁、沃伦斯基的婚外有情、婚内无情充满了愤恨。老师对列文和基蒂的爱情也不过寥寥数语的赞美，一直强调这出人间悲剧全是万恶腐朽的沙皇时代所造成的，老师的那副纠结的表情至今仍记忆犹新。这也是《安娜·卡列尼娜》留在我脑海里印象，仅仅是一本名著而已，不是什么值得读的好书。

用看电影的形式来读《安娜·卡列尼娜》，纯粹是为了读得有兴趣，否则还真的读不下去这么长的巨著。乔·赖特导演的电影也分上下两部，用时也达四五个小时之久，画面唯美，情节跌宕。当我看完后，彻底颠覆了中学时期的印象。

　　少妇安娜在火车站邂逅英俊潇洒的贵族沃伦斯基伯爵，两人一见钟情，由此开启了一段轰轰烈烈的恋情。然而现实中的道德观念、亲情纠葛、冷嘲热讽、未来渺茫等却如鬼魅相随，如同生活中的你我一般，既真实又深刻。作品中的人物，被刻画得惟妙惟肖，外表虚假的装扮与内心的纠结痛楚，相互交织在一起，塑造了一个个有血有肉的个体。小说的精彩在于其对生活的凝练，故事像是发生在身边，但又觉得是发生在未来，有希望也有当下，这是文章的妙笔之处。

　　小说的结尾，让主人公安娜采取卧轨自杀的方式来结束她纠结的一生，故事是一出悲剧。或许她死时是痛苦的，是纠结的。但是从我的直观感觉看，她也许是幸福的，用逃脱来回避选择，难道不是一种幸福吗？这句论断，估计有很多人不认同。

　　究竟人活着的目的是什么？这个问题或许有多个答案。但人活着的目标是奔向死亡，这应该没人质疑。其实，活和死之间就是人生，这一生过的好坏决定了生存期间的质量。究竟是平平淡淡，还是轰轰烈烈，是一种选择，也是一种宿命。当一个人临死的时候若是有时间来想想自己的一生，究竟是否白活了这几十年，需要给自己一个确定说法的话，估计会有很多人会后悔。其实，答案很简单，无外乎是人这一生活的有幸或者不幸两种，仅此而已。

　　小说里的安娜应该是有幸的。靓丽的外表和优渥的物质生活，是多数女人渴望的东西，她拥有。事业成功的老公，聪明伶俐的儿子，是女人毕生追求的梦想，她也拥有。世间普通女人所羡慕的条件，安娜都拥有令她人嫉妒的资本。然而，内心里被爱的感觉是她所缺的。

然而这唯一的遗憾，却也被她幸运地（不幸地）拥有了。帅气热情的沃伦斯基伯爵，用真心的疯狂和忘乎所以的进攻，顺利地用爱情填补了她那空置已久的内心，安娜没有抵抗，也无法抵抗便彻底沦陷。小说里的爱情很纯粹，一边是丢弃美丽可爱的女友，上升的仕途；一边是奋不顾身地抛弃名节利益，甚至婚外生女；两人都全情地投入到那段轰轰烈烈的爱情之中，沉醉爱河而宁愿永不醒来。虽然与这个虚伪的世界和狭隘的人心格格不入，但是两人真挚的爱情却让读者无可挑剔。

　　爱情是纯粹的，而生活却并不纯粹。道德、亲情、嫉妒，还有生活中的种种，所谓的"绳索绑架"，是用无情的皮鞭，凶狠地抽打着安娜那颗充实却又脆弱的女人心。或许是托尔斯泰为了迎合大众及主旋律的需要，或许是作者的道德束缚，小说并没有给安娜更多的坚强，更没给偷情者沃伦斯基所谓的人性支撑，结局却让女主角去卧轨自杀。我狭隘地认为，这一安排仅仅是为了与开篇时两人在火车站前的一见钟情，首尾呼应，成就一篇传世名著的完整而已。

　　但愿这种结局并非托尔斯泰的真实意愿，这只是我的猜想而已。

　　幸福的家庭是相似的，不幸的家庭各有各的不幸，这一句，只是小说里的名言而已。也许原著中论述得很清晰，只是在电影中没体现。我从电影中，感受到了小说中关于爱情的精髓，那就是，所有外在的美貌和名利都抵不过幸福而充实的内心。在现实生活中，爱的力量必不可少，内心的强大也很必要，去挣脱情感的纠结与生活的枷锁，是需要帮助和支持的。

　　列文与基蒂的爱情，从挫折到圆满的婚姻，是普通人羡慕的那一种结局，但是他们是这部小说的辅料，不是那种美好的纯粹。对生活和环境的无奈和抱怨，是托尔斯泰借绅士列文的叙述而表达出来。不禁感叹对于幸福和生活的理解，托尔斯泰比我们都要懂。

　　有人说："变心是一种本能，忠诚是一种选择。"人本身就是动物，所谓的高级动物，就是学会了伪装和撒谎而已，安娜·卡列尼娜用行动诠释了人类追逐圆满幸福的决心，用生命的消逝维护了她个性的自尊。所以说，她是幸福的，也是伟大的。同样，《安娜·卡列尼娜》这部名著之所以传世，也是因为其思想的伟大。

电影是浓缩版的小说，是导演和演员的解读和演绎，电影也算作是一种读后感。懒人通过观影识名著，是一种粗浅的阅读方式。为了纪念幸福的安娜，懒人决定再读一遍八十万字的《安娜·卡列尼娜》。

用两个便士去买月亮

朋友荐我读读毛姆的《月亮与六便士》，并嘱我，看完后你会知道人生应该要什么。带着灵魂追问去读书，自然比平时阅读得认真。读完后，明白了题目的含义，月亮是崇高的理想，六便士是当时英国价值最低的银币，代表了卑微的现实；理想和现实，你究竟要选择哪一个？

显然，小说的主人公斯特里克兰是放弃了六便士，去追逐月亮的人。四十岁时，离开蒸蒸日上的事业，舒适的生活，抛妻别子，毅然决然地去另一个城市独自生活。目的却不是为了大家猜测的物质生活和美好的爱情，而仅仅是为了去好好地画画。也不是为了成为一名出色的画家，只是为了描绘心中的那片色彩。在此过程中，现实的六便士成为阻碍他实现梦想的一道道沟坎，然而，对于有梦想的人来说，常人口中、看重的那些所谓的道义、伦理、爱情、利益，在他面前全部都失去了效力，成为他鄙视的眼光中透出来的刻薄。当他悲惨地死去后，遗作成为国民竞相追逐的名贵珍藏品时，大家才恍然大悟，原来天才生来就是追逐月亮的。于是街头巷尾，开始流传着主人公的传奇故事，包括他曾经的妻子和儿女。

有人评论说，满地都是六便士，他却抬头看月亮。其实，每个人都想拥有月亮，却不肯松开那只紧攥着六个便士的手而已。

虽然常人的梦想没有斯特里克兰的梦想大，但是每个人都有一颗拥有月亮的心。小说中与主人公有交集的三个女人，既真实又充满理想。斯特里克兰的太太，身为家庭主妇，却混迹于作家和艺术家的交际圈里，做证券经纪人又不热爱艺术的丈夫在她的生活里犹如空气般存在。直到丈夫绝情地离去，她却开始了她自己的真正生活。第二个女人是斯特里克兰生病时，救助他、照料他的朋友的妻子。布兰妮与斯特罗夫表面幸福的家庭，深藏着一触即发的危机。布兰妮遇到斯特里克兰的时候，以为遇到了自己的月亮，不顾一切，又奋不顾身地去追求，像极了男主人公追逐画画的样子，却不如他坚定。当得知斯特里克兰把自己仅当作画板上的模特时，喝下了整瓶的草酸。塔西提岛上的土著女人爱塔，让斯特里克兰圆了自己的女人梦，在他的眼里，女人就是为自己实现梦想的辅助品。爱塔，听话，无微不至，至死不渝，斯特里克兰就是她的月亮，所有的努力最终换来了他的一滴眼泪。

在毛姆的笔下，小说的主人公用纯粹去追逐月亮，周围的人不过是他画板上的一滴滴颜料而已。

太阳以西在哪

好的作家就像向导，带着你穿越跌宕起伏的高山，带你走出神秘莫测的丛林，过程中既有静谧安逸，也有惊心动魄，让读者欲罢不能，爱不释手，结局或者是恍然大悟或者是意犹未尽。

日本作家村上春树，一部《挪威的森林》用另类的美感抑郁了半个世界，而《国境以南，太阳以西》则用另类的美扼喉，令人在半窒息中，参悟作者的别有用心。

初君是一个普通的中产阶级家庭长大的孩子，衣食无忧，一路顺风。十二岁时候，他遇到了腿有残疾但十分美丽的姑娘岛本，两人在一起度过了一段终生难忘的青春时光，却因女孩突然搬家而失去联系，女孩的模样却深深地烙印在初君的心里，无时无刻，随时随地地萦绕在他的生活里。

高中女同学泉，不怎么漂亮，也"不会给我同岛本一样的东西"，但是在那个青春懵懂的年纪，依然吸引了初君。他多次提出性的要求，泉却只允许脱去衣服和他抱在一起，不允许和他去做。于是，泉的表姐出现了，满足了初君对性的要求，却深深伤害了爱着他的泉。在初君三十岁的时候，认识了妻子，在岳父的帮助下事业上小有成就，拥有两个女儿的四口之家，妻贤女美，似乎挑不出任何毛病的完美婚姻。然而十二岁的岛本总是若隐若现在脑海里，犹如平静湖面偶尔下起的细雨，让完美的生活泛着随时消失的涟漪。

直到有一天，那个早应该现身的女主角如梦如幻般出现在初君开的酒吧里。如二十五年前的女孩一样，清纯可爱。那条唯一带来遗憾略带残疾的腿，现在竟然已完全看不出来。迷雾一样地来，谜一样的身世经历，在初君的眼前总是若隐若现。众多的疑问，令初君迷惑。他去问她，却被她用手捂在嘴巴上，不肯说，也不让问。在如鲠在喉的苦情中挣扎数日后，在一个摆脱不掉的夜晚两人激情相拥，忘情地释放，似乎把半世的遗憾在一夜疯狂中去弥补，这一切的发生，似乎昭示着新的一页将要书写。然而开始即结束，在黎明到来之前，女主角却销声匿迹，爱情也戛然而止，走得突然，走得彻底，甚至保存在初君办公室里的信笺，也神秘地随她而风逝。

小说产生的共鸣，是文字里的情感触动了读者的同频心律，轻轻一触便狂跳不已。每个人心中都有完美和缺憾的纠缠，过去的和未来的始终交织在一起，不完美的人生才是完美的一生，谁又不是这样。

故事的结尾，留下了女主角谜一样的经历和谜一样的结局。但是细细回顾，答案似乎早已告诉你，她未曾结婚，一直没有工作，却穿着华贵得体的衣装，经常变换的首饰告诉你，她的衣食无忧，没有戒指的纤细手指，总是夹起点燃的香烟，她的孤单和忧伤，时时刻刻都在这些青烟中四处弥漫。虽没有介绍，文字已经表达得很清楚了，这是作者厉害的地方。

作品的名字，"国境以南"是首歌，"太阳以西"是女孩岛上去的地方，在歌曲的伴音里，追随着女主角的脚步，逐渐遁入人世间的空门，在哪里不是修行？

狂飙人生

已许久不看电视剧，一是没时间，二是怕沉迷。近期，周围的人似乎都在议论一部电视剧，名字叫《狂飙》。上周末，好奇心促使，在手机上随意看了两集，没想到却被情节所吸引，连续追了一周，一口气把三十九集看完。不禁自我感慨：遇到好剧，即使花大把时间沉迷，也是值得。

一部带有刻意教育印记的作品（剧中经常有话外音，内容是教育），能够得到观众广泛热议，实属不易。如今的观众不似过去，你说啥，我偏不信啥，刻意的灌输往往会引起反感。反观电视剧《狂飙》，却在某大型网站评论得分达到9.1，评价即口碑，说明是一部好剧。文学作品来源于生活高于生活，情节的真实性触动了观众柔软的地方，也接受了高于生活的那部分理想化。据说，该剧热播后，有关情节的讨论，尤其是对剧中反派人物成长的过程，怕引起示范效应，相关管理部门又做了重新审议。

个人观后总结，《狂飙》有两个主题，一是扫黑除恶，彻底打掉背后保护伞。二是告诫执法队伍，从严整顿教育长期在路上。剧情有两条主线，一个是，一名底层鱼贩如何成长为黑帮大佬，再到如何破灭。另一个是，一名基层警察如何坚守正义信仰，持之以恒，最终取得胜利。

反派人物高启强，像是中国版的《教父》，不似其他的影视剧里人物塑造，坏人一眼就看出，而且坏得一无是处。而《狂飙》中对高启强的角色塑造，则是有血有肉，有情有义，似乎更贴近于生活中的真实人物。他对警察安欣的感恩，对弟妹、妻子等人的爱，生活中处处体现着其善的一面，符合人性的特点。在私欲里，他利用一切可利用的，权钱色欲，不断攻击着对手性格的弱点，或灭或拢，不断扩大着自己的势力范围。对碍己者，阴狠歹毒，草菅人命。把一部三十六计，用到了极致。剧中另一位主角安欣，则是一位令人钦佩的正面人物。安欣父母早亡，父亲被黑社会害死，但他的成长，幸运地得到了父亲战友的关照，长大后成为一名刑警队的警察。在安欣的眼里，警察职业是正义的化身，除暴安良是职责，维护正义就要不畏强权，一磕到底，一切自身利益都应该让位于人民利益。他的善良和正义，普度众生。尤其是对待高启强，无论其做鱼贩时，还是商界大亨，还是牢狱之徒，那份善良和正义始终没变。安欣对待自己的战友，还有女友，有情有义，但是在正义面前，他始终坚守底线，看似无情却有情，守得云雾散去，终见阳光灿烂。

电视剧中，安欣和高启强的人生像毛姆小说《月亮与六便士》的题目，一个警察的理想是维护正义，人民的忠实卫士，这是如月亮般皎洁的理想。他倔强地不低头去捡地上的六便士，却始终迎光前行，追寻自己的梦想。而高启强从一个满身腥臭的鱼贩子做起，处处受辱屈从，为了美好的生活，不惜铤而走险，直到不可救药、无可挽回。他一路弯腰，搜捡着地上的六便士，但又向往着心中的月亮。理想很丰满，值得遥望。现实很骨感，令人无限回味。

人性中，有好有坏，有善有恶。好人不过是收敛恶的一面，展现善的一面的人。在某些条件下，好人会变恶人，是因为激发出人性恶的部分而已。电视剧中，观众之所以对反派人物高启强给予认同，并非他是杀人如麻，随心所欲的黑社会大哥，而是他曾经是个好人，一步步成为恶人的过程中，仍然存有善的一面。即使，某些善可能是伪装出来的，毕竟也是他身体内残存的影子。生活中，人人都想做个好人，做个风光的好人。然而，有的人天生好命，有的人则命运多舛，不同的环境造就不同的人生。而人性的善恶，忽明忽暗。人在江湖，有些事是身不由己，有些则是自己的选择。

剧情能启迪人生，所以是个好剧。剧中的人物描述了多样的人生，时时提醒观众人生不可选择，也无法从头再来，要珍惜自己短暂的一生。该剧也带出一个哲学的问题，什么样的人生是有意义的。千人千面，会有不同的答案。平淡无味的一生虽不可取，但是狂飙的人生，或许也不是我们想要的。活在当下，我们要常常问问自己的内心，自己如何理解人生的意义。电视剧并没有给出明确的答案。个人感悟，不痴心妄想，不妄自菲薄，努力追逐梦想或知足常乐，若是符合内心的愿望，都是有意义的人生。

电视剧或许为了突出教育意义，有些情节安排得突兀、刻意，令人有些反感。但是整体看来，剧情安排脉络清晰，情节跌宕起伏，伏笔千里之外，结局情理之中。电视剧整体评价优秀，略带瑕疵。就像一个人，优缺点都有，只要你真心喜欢他的内涵，也就不在意缺点了。

尘烟里的身影

一部农村题材的电影，拍的既像纪录片，又像是文艺片。乍一看是小众的，没想到上映后是轰动的，莫名其妙地变成了大众的，还能影响到一大群城市人，其中包括一些没在农村生活过的，甚至还有90后、00后的观众。不能不说是一部成功的电影，电影的名字叫《隐入尘烟》。

西北黄土高坡上的农村里，一对父母早亡被哥嫂嫌弃的苦命人，被安排在一起，相亲，成亲，搬离，生活。男人是老光棍马有铁，女人是手有残疾、总是尿失禁的曹贵英。新房是别人家闲置的破草屋，一个手剪的红喜字是唯一的嫁妆，还有一头能拉磨的驴和二亩黄土地。无能和累赘是两人的标识，善良、老实、勤劳在别人看来似乎没任何用处。邻居的冷嘲热讽，家人的漠不关心，收粮人的奸诈无耻，都没阻挡住两人对好日子的向往。虽然日子一直很苦，很苦，但他们一直努力在改变。种粮、养鸡、养猪、盖房的愿望都一一实现，他们还有更大的愿望，期待着早日实现。马有铁希望过两年有钱了，要给贵英买电视，带她到大医院去治病。然而，还没过上好日子，还没等到有钱，曹贵英却掉进河里淹死了。

马有铁的希望也跟着死了，电影就结束了。

故事很简单，情节也很简单。但是，看过电影的人都觉得，也许因为简单，所以才深刻。看了影片会想到三个问题。

第一个问题，人活着的意义是什么？电影告诉我们，吃饭、干活、实现愿望。这三件事就是活着的意义。其实，村里的其他人，包括村长家，也主要是这三件事。同样吃饭，鲍鱼、海参比玉米面馍馍有营养。可是人的肚子都差不多，都是吃饱喝足，都是一日三餐，未必有营养就活得长，也未必吃好吃的就会幸福。马有铁和贵英在粮贩子家献血，面对着一桌子鸡鸭鱼肉，却没有一丝丝的胃口。因为他们知道，这不是他们应该享受的。他们知道自己的阶层和地位，他们知道自己该过什么样的生活。很多人认为他们傻，收钱和要补偿才是应该的事情。但是，马有铁一直叨念着一句话，就是"一码归一码"，他是这样说的，也是这样做的。这是他的人生观念。农民面朝黄土背朝天，城里人天天忙碌着上下班，商人尔虞我诈地谈生意，其实都是为了获得物质，而让自己活得更好。每个人也都是有愿望的，所谓富贵的人与贫苦的人相比，富贵的人可能把贫苦人的愿望实现了，因而会多了优越感。比如电影里的马有铁最大的愿望是把媳妇贵英带到城市里，到大医院里把她的病治一治。粮贩子的儿子，戴着大金链子，就想多赚些不义之财，楼房盖高高的，宝马车多买几辆。马有铁的三哥最初的愿望就是把他赶出去，看到政府要给贫困户分房子，就想用马有铁夫妇的名义要下来，再给自己的儿子，这就是他的愿望。虽然电影里没有直说，观众都能猜得出来。电影里别人的愿望似乎都实现了，而马有铁和贵英的愿望，随着贵英的死去却都落空了。

电影带给我们许多思考，其中，人活着究竟怎样才算有意义？一日三餐，结婚生子，村头"吹牛拉呱"。或者是，好吃好喝，别墅宝马，想啥有啥。再或是，青灯木鱼，吃斋念佛，通往极乐世界。这些哪个才是有意义的生活？想想，其实都是。无非是吃饭、干活、实现愿望。这些都是人活着的意义，标准不同而已。

　　第二个问题，爱是什么？对于似乎没读过书的马有铁和曹贵英来说，根本不懂爱这个词。两个被抛弃的人，相互依偎，相互陪伴，相互关心，他们只知道真心对对方好。为了等候外出归来的丈夫，站在冰冷的寒风里，揣着灌满热水的玻璃瓶，热水凉了，回家再灌一次，来来回回几次。直到看到丈夫赶着马车回来，赶忙从怀里掏出来，递过去让他喝一口驱驱寒气，而自己则冻得瑟瑟发抖。女人看到自己的男人被抽血，心疼地把自己胳膊递了过去，让护士抽自己的血。天热了，两人去屋顶上睡觉，男人怕自己的女人滚下去，用一根绳子把两人的腰带拴在了一起。事实上，爱从来不是轰轰烈烈的。浪漫也如此，鲜花和烛光是浪漫的，美酒和咖啡是浪漫的。纸箱子里放个灯泡孵小鸡，灯光从箱子的孔里投射出来，照到屋子里，照到两人的脸上，那一刻也是浪漫的。没有钱买戒指，没有钱买手镯，用几个麦粒用力摁到彼此的手背上，深深的花瓣印痕，也是浪漫的。爱，并非有钱人的专属，也不是文化人的专属。最朴素的表达才是最纯真的爱，发自内心的深情，即使是土堆里生长的麦粒也是最浪漫的礼物。贵英在河里淹死了，马有铁还了债，归还了驴的自由，在自己盖的茅草屋里，看着贵英的遗像，把一颗熟鸡蛋慢慢塞进嘴里，炕头的柜子上，有一个空了的农药瓶。这既是爱的表达，也是一种浪漫。

　　第三个问题，人性究竟是什么？都知道人性是不能考验的，一考验就会现原形。人性的底层是兽性，是原始的，是本能的。《隐入尘烟》却告诉我们，人性是赤裸裸的，没有一丝遮掩的裸露。在农村生活过的人知道，贫穷会泯灭文明，为了生存可以肆无忌惮，无所顾忌。但是，冷漠却是人性里麻木部分的表情。无能的马有铁和残疾有病的贵英，在哥嫂的眼里就是白吃饭的累赘。在乡邻眼里是无用的，嘲笑捉弄的对象。在收粮老板的眼里，马有铁给自己献血是必须的义务。两人成亲时，居无定所时，盖茅草房时，甚至贵英掉进河水里，都无人去帮助。人性里，写满了势利、无耻、恶毒。电影里轻描淡写，没有写一个坏人，电影里甚至没有人做错一件事。导演却用无数的对比镜头，影像如麦芒一样刺痛着观众的心。电影里马有铁无数次展现出的善良，和其他人的冷漠形成了最大的对比，这是人性里以一抵十的斗争。包括影片末尾故意狗尾续貂地把主人公的结局写成美好，也是导演想为太过深沉、压抑的影片基调，表现出一些对未来的希望。

　　有人说，看了《隐入尘烟》就要珍惜现在的生活。其实，影片并非想表现这种悲悯之情。也许，马有铁和贵英就在你的周围，也许，你就是他们的哥嫂乡邻，也或许你就是他们。

文坛随行

从来没想过,天资慵笨的自己竟能够写书,还能拥有一些读者。

这个愿望的实现,完全归功于《金融文坛》杂志,还有通过杂志认识的那群人。犹如登山,随行者是沾光的,被前辈引领,就轻松了许多,容易爬得更高。在作文这件事上,一路走来,已经六七年的时间了。《金融文坛》就像一座魅力十足的名山,吸聚了一群拥有共同爱好的登山客,他们以老带新,相互鼓励,相互支持,彼此分享着美景,不断向着幸福的巅峰,一阶一阶地攀登。

一顿饭

几年前的一个秋天,我们单位山东公司总经理魏友太来北京开会,约我去参加一个作协的晚宴。魏总是个诗人,出版过多本诗集,在金融行业早已颇有名气。带着对作家的崇敬,便欣然一同前往。没想到,这顿饭竟然打开了我的文学之门,认识了金融作协常务副主席、长篇小说《新银行行长》作者龚文宣,书法家、诗人《金融文坛》常务副总编范振斌，文学评论家《高溪镇》的作者鲁小平先生，还有实力文学带头人，杂志副总编兼编辑部主任的栾晓阳。这顿饭吃得非常有意义，帮我推开了文学的大门，一只脚踏上了文坛的台阶。这一顿饭，认识了一群前辈和老师，是之后我文学之路的领路人。

一篇文

说来惭愧，我的父亲是语文老师，上学时，我的语文却总是考不好。所幸受家庭的熏陶，养成了爱阅读的习惯，多年下来，也算是看了不少书。当时，写博客还算流行，我经常把一些思想的感悟、心灵的触动写成文字，发在自己的博客上。但是，一直没想过，也不敢向报纸、杂志投稿。自从参加上面提到的这次饭局后，思想上就有了一只不断游走的蚂蚁，撩拨得心思蠢蠢欲动。于是，把博客里的文章找出来，仔细挑出一篇自以为过得去的文章，改了一遍又一遍，却仍然不敢发给杂志后面所署的邮箱。后来，在一次酒后的半夜，借着酒劲把文章发给了《金融文坛》编辑部的栾晓阳主任。没想到，很快收到了他的回信："写得很好，稍作修改，就能发表。"于是，很快在《金融文坛》的期刊上看到了我的第一篇铅字文《我的老友古丽》，发表处女作是最大的鼓励，增强了自己的信心，激励了自己向文学前行的脚步。栾晓阳主任年龄虽不大，却是山东大学文学科班毕业的编辑，杂志的卷首语多数出自其手，文字功底深厚，对文章的点评既犀利又深刻。后来我的文章多次发表，都悉数得到了他的指导，受益颇多。

一群人

文坛是个舞台，有技艺精湛的名角，有天赋异禀的奇才，也有孜孜不倦的耕耘者。在金融的文坛上，大家拥有相近的事业，共通的文学语言，可谓是"谈笑有鸿儒，往来无白丁"。我通过发表文章，走进了金融文坛，随后又寻到了金融作协的组织，很快结识到了一群可敬可佩的人，就是幸上加幸的事情了。文坛的舞台上，这群人是金融文学的弄潮儿、领舞者。文武兼备，满身才华的金融作协主席阎雪君，一曲《天是爹来地是娘》惊艳四座。学富五车，著作等身，识人伯乐的龚文宣主席，谦虚谨慎，诗人情怀的廖有明主席，日更一篇，一年创作数百万字，令人膜拜的著名作家朱晔老师，当年《今古传奇》杂志签约的著名武侠作家高建武先生，还有新疆作家任茂谷，酒神作家王昭杰，美女总编李晔，诗人高寒……这些年，这群人总在身边，他们的作品总在我的案头上，想到看到，总是激励着我不断地成长。

一情怀

人在世上，总要有些追求的。除了满足物质生活的基本需求外，功名利禄都将会成为身外之物，人的精神追求则是长期的、无止境的，而文学就是满足精神追求的滋养品。一本杂志，承载了文学的梦想。可以怀念过去，亦可展望未来；可以记录历史，也可以幻想星际；可以评论当下，也可诗意人生。金融是经济的血脉，金融事业包罗万象，繁杂琐碎。金融从业者，在劳累的工作之余，有一份爱好可坚持，有一份精神可追求，是一份难得的情怀。《金融文坛》为广大金融从业者的情怀提供了安放地，文字可以讴歌伟大的金融事业，更可以尽情抒发个人内心的情怀。《金融文坛》托起了几代人的梦想，前浪后浪一起弄潮新时代，一起谱新篇。

所以，在《金融文坛》100期纪念之时，我们要感恩、感谢杂志对金融人的帮助。真诚祝愿杂志越办越好，持续创造新的辉煌。我们将永远和《金融文坛》一起，用文字书写太阳，拥抱高山大海，去实现每一个青春的梦想。

小翠

不知道为什么，命运安排得竟然如此可笑。出生在书香世家的我，比别人多读了几箱子的孔孟经典，竟然与这群分不出黑白的浑蛋混在了一起。

我爹自从我当兵以后就没有与我说过一句话，倔强的老古董为生了这样一个不按自己意愿成长的龟儿子，经常捶胸顿足。我爹为了守住他所谓的满屋财富，就是那一堆堆的破书，竟然在鬼子的占领区里一待就是几个月，为了防止鬼子把这堆破书抢走，竟然完全不顾及我母亲的安危和自己的尊严。

就是这样一个老古董，能接受一个妓女做儿媳妇吗？鬼才相信他会同意。我从来没想去征求他的意见，我知道即使求他也是对牛弹琴，与象谋牙。可是，我真心想给她一个名分，给她一个安稳的家。真心地想。

天生的小翠，我生命中的第一个女人。看到她的第一眼起，我无论白天黑夜，她的笑容和我的心已经形影不离，每想起她，心脏就像装了发动机一样噗噗直颤。

即使后来，我知道了那件事的存在，天生自私自利又心胸狭隘的我，竟然没有丝毫的嫌弃和厌烦。看到她家门口挂起的"风月牌"时，我没有诧异，只是狠狠地打了自己一个耳光。在她面前，我已经不是原来的我了，更不是那个老古董的儿子。我不知道是不是因为我爱她，还是我知道已经无法娶她。我真的不知道。想到她的好，我便没法忘记。自己当逃兵被抓回部队面临枪毙的那一刻，被绑在木桩上已经两天没有喝一滴水了，周围只有嘲笑的语言和憎恶的目光，没有一丝怜悯和善良。小翠像一头疯牛一样冲开那群男人的枪杆，把一块浸满水的毛巾死死塞到了我的口中。当皮鞭雨点一样落下来的时候，小翠用力抱着我的肩膀，任凭皮鞭向自己身上洒落。在柔软的怀抱中苏醒过来的我，当时并不知道自己为何能够幸运地活了下来。抱着我的女人，眼泪像断了线的珠子不断地滚落，看到我醒来时，那双泪眼柔情满眶。那个不靠谱的我，开口的第一句话竟然是，"你自谋生路吧，我养活不了你"。那份绝情，把一个充满希望的生灵，直接丢入了枯井里，还埋上了厚厚的尘土。挣扎无望，祈求无门，只留了活下去的无奈。那张遍体鳞伤的"风月牌"再一次被挂在了小翠家的大门口。

七天七夜的激战，弟兄们死的死，伤的伤，看不到胜利和希望，但是，战士的职责就是战斗，战死也要战。明天，就要向鬼头山发起进攻了，和我一样绝望的人都报名了敢死队。

团长问我们还有什么心愿。我说，我今晚要去城里走一趟。团长说，你不会再次当逃兵吧。他们笑了，说我想相好的了。所有人都提出去城里。可能大家知道，明天也许就会永远地留在那里了。多数人不知道现在应该去看看谁，我比他们要幸福得多。

幽暗的胡同里，过堂风冷冷的，吹得风月牌转着圈。推开门的时候，小翠愣在那里，我们傻傻地站在院子里就这么盯住对方看，仿佛前世没见过面，后世再也见不到一样。把大门关上，我看到她把木牌子扯下来，丢到旁边的针线筐里，用布盖上了。小翠高兴地做了一桌子酒菜，还从里屋拿了一瓶用白纸包着的白酒，她说，这瓶酒是给我留着的，知道我早晚会回来。菜很香，酒也香，对面的人越看越好看。泪，却莫名地流下来。小翠摸着我的脸说："你哭啥，都回来了。"

　　门外面却传来了"咚咚"的敲门声。一个男人沙哑地喊着小翠的名字。我认识这个男人，知道他是小翠的老乡，那个瘸了一条腿的人，是我的战友。

　　我要去开门，小翠拦住我。小翠说，他是个好人，你不在，是他一直帮你，让我活着，让我等你。

　　敲门声一声比一声响亮，门口的人开始大声叫起我的名字。随后大喊变成了咒骂，"你这个浑蛋，我知道你在里面。你若是个男人，今天就带她离开。你若是个瓜怂，把她让给我！"

　　我知道他说的对，我是个浑蛋，也是个瓜怂。足足半个多小时，那个死脑筋的家伙倚在门框上，不断用身子顶撞着木门。一会儿哭，一会儿骂，一会儿声嘶力竭地表白着他对小翠的好。

　　我吃着菜，喝着酒，装作听不见，也不抬头看她。不知什么时候开始，我恼了，莫名其妙地开始挖苦小翠，她只是哭，开始小声地啜泣，后来是大声地啜泣。再后来，撕心裂肺地痛哭。

　　突然，声音凝滞了，屋里的，屋外的。

　　因为门外那个浑蛋玩意儿说出了我明天要去敢死队的事情。

　　我站起来，只看了她一眼，走出院子，拉开大门，把屋外的他拎进屋子，狠狠地踹了他两脚。我不顾小翠的哭喊声，大步走出胡同口，没有回头。

胶鞋踩进带着水坑的土路上，泥浆四溅，从鞋帮渗进袜子里，穿过粗糙的皮肤浸入肉里，沿着骨髓传递到心脏，冰凉扎心。

我嘴里哼起那些不着调的小曲，大声地浪笑着，眼睛一闭，泪水竟然止不住地流下来。

租房

昨晚，同事小陈离开北京，要回家乡工作。

她说，对这儿没有丝毫留恋。小陈和小崔是大学同学，最好的闺蜜，毕业后都选择留京发展。她们合租了一间房，一张床，一起吃饭，一起畅想。两个月前，小崔的男友从外地辞职来北京找工作。小崔和小陈商量，让男友临时住地板，找到工作就搬走。为了闺蜜，小陈只好同意。倒春寒的地板潮冷，小崔心疼，想让男友到床上睡。为了面子，小陈答应让小崔男友睡在最里面。一段时间，小陈半夜睡不好。一段时间，小崔半夜睡不好。一段时间，小崔和小陈半夜都睡不好。昨晚，同事小陈离开北京，要回家乡工作。

她说，对这儿没有丝毫留恋。

老邢升职

红头任命文件上盖着圆圆的大红章，老邢看着电子文件仔细读了六遍，又打印出来读了两遍。老邢对着挂在墙上那幅发黄的中国地图，感慨万千，南征北战近二十年，祖国的山山水水似乎都留下过自己的足迹，如今的成就好似有功德圆满的感觉。不对，或许这只是中转站，未来还有空间，老邢对自己刚才的窃喜有些不屑，追求无止境，这才是自己应有的境界！

"对了，我要分享这份喜悦"老邢突然想起，"发给谁呢？发到老单位的微信群里？让那些曾经看不上自己的人惊讶一下！不行，太不谦虚了。发到老家的同学群？让他们再用羡慕的掌声围观一下。不行，村里的初中同学阿来，一直找自己借钱呢，得不偿失。对对对，想起来了，我把这文件发给在西京的老鲁，这家伙够哥们，上次得到提拔，就是他帮着说出去的，做得无痕迹，赢得了许多喝彩声，好，就这样。"

这老鲁怎么半天没动静，老邢手里拿着文件，眼睛盯着微信，难道没收到？他又把文件的照片发了一张。隔了好久，老邢有些不耐烦，干脆打电话过去吧。

铃声响了好半天，才听到那边不紧不慢地接了电话。

"老鲁啊，忙啥呢？"

"噢，邢总啊，祝贺祝贺！任命文件下来了啊，来西京的时候，你要请个大客了。"声音有点儿怪。

"嗨，老鲁，你还不知道我，我是不太在乎这个的。"

"老邢啊，还是要注意一些啊，都这么多年的兄弟了，身居要职，更要改改自己的一些老毛病。不要在背后说别人坏话，做人很重要，否则没朋友的！"那边的声音怪怪的。

"老鲁，你啥意思？我的为人你还不知道！"

嘟嘟嘟，那边把电话挂掉了。

"难道老鲁嫉妒我？"老邢有点儿气恼。我哪里做得不对了，又有点莫名其妙。

老邢一直把老鲁当作好朋友的，是不是最好的朋友，老邢也拿不准，两人都出身于农村，两人混迹于大城市多年，老邢感觉老鲁的水平比自己差一些，水平也还不错。十几年了，感觉和他相处得无话不说，应该算是知己吧，再说最近也没去西京见他啊，真小气！说你两句坏话怎么了？对了，我说了吗？老邢一边自言自语，一边在脑袋里搜寻那个告密人。

难道是她？对，一定是。

上周五，老邢接到编辑部发来的样书，开心得差点跳了起来，文字变铅字，这是一个有情怀的读书人的梦想。老邢连着亲了书皮三四次，那油墨的香味堪比奶茶的味道，看着印在封面上的自己的名字，老邢瞬间感觉高大了许多。

推开门，举着书向坐着的同事们喊："我的书出版了啊，欢迎大家捧场。"

"哇！大作家啊。"挨门最近的老高伸手就抢，被老邢瞪了一眼。

"邢总，双喜临门啊，这又升职又出书的，是不是咱们部门庆贺一下啊？"坐在窗户边上的一位姑娘喊道。

"好好，我请客，我请客。"老邢脸上乐开了花。

"哟，这么热闹啊，是不是我赶上好日子了，谁请客啊？"说话声从办公室的门外传来，从外面走进来一位轻盈的女子。

"来得早不如赶得巧。大家今晚一起聚，也给来自西京的美女接风。"大家纷纷和来的女孩打招呼，这位是从西京分行来总部出差的王小水。三十几岁，身材高挑，白皙的面孔，说话清铃一般透彻。

王小水是两年前经老邢面试加入单位的，因这小水和老邢的朋友老鲁共事过，还专门电话咨询过他，得到的答复是，人不错，头脑灵活，有个性。王小水是老邢亲自面试留下的，因而，老邢在心里一直把王小水当成自己人看待的。只是这两年多时间，这个王小水也不太刻意接近自己，有时候还在故意和自己保持着距离。

晚餐让秘书订了个大包间，参加的人围了一大桌子，除了部门已出差的同事，老邢还邀请了信息科技部的一位副总参加。觥筹交错之间，围绕的都是老邢即将晋升和作家身份，文武全才，著读等身，溢美之词充满了整个包间。一杯杯下去，老邢那天生做演员的性格，入戏很快，不一会儿的工夫仿若成了政治明星和著名作家，说话的声音随着感觉在变高，说话的词语越来越有明星指点江山，激扬文字的气势。

"邢总，我单独敬您一杯，我也写点小文，以后您多提携和指导。"

带着一股淡淡的兰花体香，一袭修长的淡紫色晚裙，小水珊珊来到身旁。纤细的手指紧握半杯红葡萄酒，水晶制的酒杯，灯光下炫目多彩，令老邢有些恍惚。

"小水，放心，有什么需要我的就说话，是我把你带进单位的啊。"老邢习惯性地在小水的背上拍了拍，连衣裙后背的拉锁翘起，略扎了一下掌心。

转身回首的笑容和眼神很悠长，老邢不得其意，坐下后有些心猿意马的联想，只想酒宴尽快结束。

从包间到饭店门口只有二十米，IT部的副总已经坐到地上两次了，抓着老邢的胳膊不放，被两个年轻的同事推到了出租车里。老邢此刻也已东倒西晃，满眼的霓虹到处乱飞，嘴里喊着："我没醉，这点酒算什么。"

手下叫了个滴滴专车过来，老邢醉眼蒙眬但是很坚定地用手指着王小水说，"我先送她到宾馆。"

大家哄笑着，把小水塞进了车的后座，秘书坐进前排，却被老邢轰了下来，"我没喝多，你自己回家吧。"秘书爽快地下了车，刻意地冲王小水挤了挤眼睛。

"你头发染的这个黄色，不太好看。"

"哈哈，邢总你喝多了吧，这是米红色啊，不是黄色。"小水爽朗地笑着。

老邢伸出手，触摸了一下那长长的发梢，"哎，还挺滑的，离子烫吧？"

"邢总真行，还很时髦呢，知道离子烫。"

"你说这话，好像我很老似的。"老邢有些不满意刚才的对话，换了个话题。"小水，在西京经常见老鲁吧？"

"鲁总是个大忙人，几个月见不到一次。"

"他啊，工作不见得有多忙，生活上忙倒是真的，你知道老鲁的女人吧？"

"啊？鲁总还有女人？第一次听说呢。"

老邢看王小水很诧异的样子，觉得这个话题应该是个好引子，顿时来了精神，神秘地冲着王小水一笑，"一个长期漂泊在外的男人，会没有女人嘛，我给你讲讲老鲁的风流逸事，先说你们曾经一个办公室的那个小杨吧……"

小水把老邢的手从肩膀上移开，向车门处移了移身子。"没想到，没想到，鲁总原来是这样的，真没看出来。"

"小水，我才不像老鲁那样，女人即使跟了他，也得不到任何好处，我会对你好的。"

"邢总，你醉了，我送你回住处。"

"不用不用，小……小水，我送你去酒店，一定送你。"

十字路口的绿灯突然变红，司机一个急刹车，老邢被猛晃了一下，没有惊醒，反而晕了，他顺势就倒在了座位上，软软的后座。

老邢睁开眼，手却抓了空，车座的另一边早已没人，司机在车外抽着烟，老邢敲了敲窗户。

司机把烟蒂扔到脚下踩了几下，不慌不忙地拉开门坐进车里，表情淡淡地回头问老邢。

"老板，醒了啊，我以为你得睡到明早呢。"

"这是在哪啊？"

"你说这是你家的小区，但是就是不下车。"滴滴司机指着前面的大门口。"老板，那位女士已经把车费付过了，您下车吧，我也收工回家睡觉了。"

带着满脑子的困惑，老邢在晚风的吹拂下，清醒了许多，向小区大门走了过去。

坐在办公桌前的老邢，从思绪中回过神，摇了摇头，那天究竟做了什么，现在苦思冥想也想不起来，好彻底的断片。应该没发生什么，这两天王小水的工作电话照常打过来，依然嬉笑如常。

这老鲁为何对自己的态度变样了？难道她和他？

噢，怪不得如此，老邢突然明白了什么，他在便笺纸上写下了"金玉其外，道貌岸然"八个字，顺手又拿起旁边的《鲁迅选集》，心里想，这世界上孔乙己、阿Q类型的人真多。

较量

北京的秋天越来越短，短袖衫还未脱就迎来了冬雨，今年的冬天好像比往年更冷。

炎黄集团的总裁魏立来到集团办公室的时候，公司的员工还没有上班，保安诚惶诚恐地打开防盗门，鞠躬问好。魏立坐在宽大的板台前，示意帮其开门的保安把办公室门关上，紧蹙双眉陷入了沉思。山雨欲来风满楼，明天的会议通知里，自己的名字竟然列在第二位，这是十年来的第一次。

新任的董事局主席和过去的一样，几乎很少到公司上班。内部小道消息却满天飞，这个人是有来头的，股东会启用他是来对炎黄集团进行彻底整改的，绝不是花瓶摆设。刚开始时魏立并不信，但是亲信不时送来这样的消息，他也不得不警觉起来，观察了一段时间，似乎并没有什么和过去不一样的地方。最近魏立休了一次长假，在老家待了半个多月。他躲在后面观察政局变化。办公室主任秦蔑每天打来两次电话，集团总部好像没有什么大的动静。难道这次与上几次一样，无外乎几个纸老虎？魏立想到这里不禁舒展了一下眉头，打开当日的报纸，报纸的副刊上有一篇《小保姆的想法》的文章，他随意浏览了一下，看后自己的身体不自觉地打了个寒战。

文章大体意思是，一个别墅的主人要去国外工作，请了一个小保姆帮着照看别墅。半年过去了，小保姆发现主人并没有回国，就把家里人叫过来住进别墅里，一年过去了，小保姆把别墅当成了自己的家，周围的人也这样认为。三年后，主人突然回来了，小保姆却固执地认为，这个家已经是自己的了。被扫地出门后，他仍耿耿于怀，竟然偷偷放火把别墅烧了。

十年前，魏立踌躇满志地从 PG 集团江苏分公司总经理的位置上，被高薪聘请为炎黄集团总裁，经过短暂的磨合期，魏立越来越与集团董事局主席孔英的个性难以配合，思想和能力备受折磨与限制，自己也越来越怀疑自己的选择。就这样，魏立郁闷了近三年的时间。三年后的某一天，集团因业务发展缓慢，管理松散，部分骨干员工的离职遭到了公司股东的指责，魏立抓住这次机会对孔英个人的失误穷追猛打，并且得到了股东的赏识，迫使董事局主席交权退在幕后，成了有职无权的摆设。魏立自此以后成为集团的总裁兼 CEO，集团宣布任命的那一天，魏立专门安排人播放了歌曲《走进新时代》。

当皇帝的感觉肯定是美好的，否则这么多人宁愿为之丧命也要趋之若鹜。魏立本身就是业务高手，加上在 PG 集团的历练，一朝权力在手，便大展宏图，如鱼得水起来，炎黄集团的业务实现了快速的增长，内部管理也开始变得井井有条，公司内外一致好评。

三年的压制，三年的不满，如鲠在喉，总如一块大石压在心上。在魏立的心中始终笼罩着一丝阴影，若想长期拥有，就必须扫除障碍。于是他开始了自己的长久计划，从 PG 集团抽调自己的部下组成幕僚，负责信息收集与策略的制定，重要岗位的任命坚持自己人原则，对前三年的经历中，曾经与孔英有关系的人员，逐个排队，按先后顺序给予清理，于是调虎离山、杀鸡骇猴、巧设架空……PG集团的政治积累，如今得心应手。

今天，魏立端坐在板台前回顾着过去的一幕一幕，却发现自己没有一点点成功的成就感，总感觉到背后冷飕飕的感觉，对手像野草，野火烧不尽，春风吹又生；自己多年培养的人和信任的人逐渐让自己失望起来，开始了阳奉阴违，有的甚至辞职叛逃。处理过的人就更不要期盼他们俯首称臣了，能够不放冷箭就谢天谢地了。魏立开始对自己有些怀疑，也许为人处世应该大度一些。转念又一想，不对，历史上哪一个帝王不是如此，李世民、刘邦、朱元璋、雍正无不是心狠手辣，成就的盖世霸业。每想到这些，魏立心中就有了信心，但是今天他却充满了矛盾，自己不是皇帝，江山也不是他魏家的，自己只是个打工者。

新董事局主席的任命还未正式对外公布，公司内外已经开始了议论纷纷，新主席能继续躲在幕后？如果开始执政，如何摆正与魏总裁的关系，是否有一场较量？多数人好像在期待这场好戏的上演。魏立也不清楚未来会发生什么，但是他知道未来不会和过去一样无拘无束了。幕僚们也在帮他思索，新主席有两种可能：新主席雷厉风行快速接手人事、行政、财务，开始直接指挥集团，不服者斩；另一种，新主席不了解集团状况，怕出事，与魏立表面配合与尊重，逐渐了解情况，半年后出手。幕僚们的推断和魏立想的一致，结论都是新主席要执政，后一种可能比较大。如何改变这种结果？并不是没有办法，幕僚们的坏主意还是层出不穷的，魏立开始后悔重用这群坏家伙，不是他们自己也许不会如此被动，但是，开弓没有回头箭了。坏家伙提供建议：目前干部、员工开始分化，自己人不会轻易地变节，被处理的、被排挤、被边缘化的人会迅速地转向，成为新主席的耳目，也会成为日后新主席执政的左膀右臂。所以，在新主席没有动作前，快速消除有威胁的人员。

办公室很快起草下发了通知，为了集团的快速健康发展，优胜劣汰，精减冗员，集团干部、员工强制减员5％。此通知为内部通知，只发给部门中层以上干部。很快，一份名单出炉，10名干部被解聘，10名主管被降级，20名员工被辞退。一石惊起千层浪，各种愤怒、辱骂、愤慨扑面而来。此时，魏立正在普陀山下的尼洱别墅内，看着玻璃缸内的蛐蛐正在跳来跳去。当魏立出差回来的时候，情势已经尘埃落定了，似乎一切都在掌控之中了。

魏立回过神来，再次端详着手里的这份通知，好像也没有什么特别之处，不禁有了些欣慰。当他的目光落在板台上的时候，不禁大吃了一惊，当日报纸赫然醒目的一篇文章《搞政治者最终要被政治搞掉》。

"嘀嘀"手机收到一条短信，屏幕上显示秘书秦脍发来了一行字："老大，董事会发来通知，三个月内发的通知无效，明天新董事局主席到公司上班，冻结近期所有人事和财务事项。老大，这咋办？"

魏立瘫倒在椅子上，他想起了报纸上的小保姆，喃喃地说："我怎么知道该咋办！"

把青春镌刻在文字里

从 2008 年开始在博客里写文章，距今已经有 15 年的从文经历了。从文字功底来说，仍然是个文学新兵，但是十多年的创作积累，对我的人生却收获颇丰。尤其是近几年，在师长和朋友的帮助下，文学成为自己的一项业余爱好，深切感受到文学带来的乐趣，读书写作不但能凝练思想，陶冶情操，还能谈笑有鸿儒，往来无白丁。

文学创作想法的萌生，来源于我对母亲的情感。1961 年，母亲那年 13 岁，她所在的村子，由于自然灾害的原因，导致庄稼颗粒无收，家里断粮数日，邻居家也多如此。为了活下去，母亲跟随村里的一群人，翻山越岭到二百里以外的地方去讨饭。两个月的乞讨生活，母亲经历了终生难忘的辛酸往事。多年以来，我一直有个梦想，就是把这段故事写成小说，敬献给母亲。可是，几次动笔都不满意，皆因为文字粗鄙，不能有效表达想要表达的情感而停笔。为了写好这段故事，我决定开始认真研习写作，大量阅读，边读边写，辛勤地练笔，计划等文笔成熟后再写这段故事。最初用散文随笔的体裁在新浪博客上写作，先后写成了《我的老友古丽》

《茄子情缘》等多篇散文，并得到专家老师的赞许，但是却一直不敢尝试写小说。后来，偶尔在一本书里看到一位名作家说："写小说要从最熟悉的人和事起笔，用真情去写，小说浑然天成，是相对容易的。"仔细揣摩后，觉得这句话非常有道理，我便开始筹划写一篇小说。最熟悉莫过于自己的真实经历，我从农村长大，对故乡充满了深厚感情。虽离开农村多年，但是过去的事依然历历在目。尤其是青少年就读在农村的时光，那些模糊而美好的情感，似乎心门一开，往事就会喷涌而出。想到这些，在一个微风的清晨，拿起笔来，文字像西河的流水一样，洋洋洒洒地滚淌出来，仅仅用一个多月时间，写就了一篇4万多字的中篇小说《邻村的双杨树》。写成后，自己反复阅读，甚为喜爱。分享给朋友，得到了许多鼓励和赞誉。自此后，在文学创作方面建立了信心。陆续写了20万字的历史小说《狮子庙外桃花开》和32万字的都市情感小说《浅夜》，其间又穿插写了数篇散文随笔，并且发表在《作家文摘》《金融文坛》《济南日报》等多个文学杂志和报纸。长篇小说《浅夜》被中国青年文学网评为"全国青年文学大奖赛二等奖"，该小说2023年4月被北京日报出版社出版发行。

《邻村的双杨树》是我的第一部中篇小说，全文刊发在《中国金融文学》杂志上。当时金融作协常务副主席龚文宣老师评论说："这本小说是用最质朴的语言记录了一段最纯情的青春恋情，没有华丽的辞藻，也没有文学创作的技巧，这是一篇用真挚情感书写出来的清纯小说。"《邻村的双杨树》这篇小说获得第四届金融文学奖，是对我个人莫大的鼓励，是对我用情感写作的认可，此次获奖是我文学创作的里程碑。小说以第一人称视角，讲述了李大志和舒月青梅竹马的爱情故事。小说记录了从育红班到大学十多年的青春岁月里，从童年的懵懂，少年的爱慕，其间经历众多悲欢离合的故事。小说中的那些年那些事，也许只有那些同时代经历过的人才能产生共鸣，但纯真的情感和质朴的生活，是不同时代的多数人都向往和追求的理想。小说里记录了砖块垒砌的课桌、旧寺庙改装的教室、凌晨的早自习、自制的煤油灯、鸡蛋换冰棍……这些都印刻进20世纪七八十年代的农村生活里。小说中，玩伴李卫东就像鲁迅笔下的闰土，陪伴了主人公整个少年时代；同学王长喜的机灵，让童年的读书时光到处充满了欢笑。20世纪80年代改革开放，给农村带来了经济的变化，也给青年的观念带来转变，外面的世界不断冲击着整个村庄。大志和舒月的感情随着年龄在增长，在社会文化不断地影响下，感情开始出现裂痕，最后的分手十分令人痛惜，但是这也在情理之中。小说交代了这段感情的大背景，这是时代给青春的礼物，也是时代给予的结果。

年龄越来越大，故乡却渐行渐远。《邻村的双杨树》把少年的美好时光做了收录，而且把一段真挚的情感镌刻在故乡的青春里，这是我写小说以来，收获最大的一篇。如今出走故乡多年，已经永远无法再回到过去的故乡里。多年的阅读和学习，我的创作技能取得了许多进步，也发表了多篇文章，并且获得了不少荣誉。但是，为母亲写一个故事的愿望却仍然没有实现，虽有念想却始终不敢动笔，也许好高骛远，或许我已经忘掉了初心，偏离了方向，甚至迷失自我。但，我一时竟找不到原因。有一段时间，甚至固执地认为，就像无法再回到过去的故乡一样，我再也写不出类似《邻村的双杨树》这样纯情的小说了。此次小说意外获得金融文学奖，而且得到众多专家评委的认可，深深地触动了我，让我泪流满面，深深地低头思索。

如今再看这篇《邻村的双杨树》，它时时刻刻在提醒我，无论社会如何变化，无论经历多少岁月，用真情对待生活，用真挚对待他人，这才是社会永恒的主题。作为一代文学创作者，我们不能被社会功利俘获，也不能被花花世界所诱惑，而应该保持童年的那份纯真，质朴的创作态度，用真情去书写美好的生活，描绘灿烂的明天！

第五辑

念·亲情

————————————————

　　人到中年，闭上眼睛全是回忆。回忆中最多的是亲情，童年的往事历历在目，少年的稚气尚有残存，故去的亲人会在梦里相聚。老人、孩子、亲友，故乡、玩伴、童趣。亲情是幸福的源泉。

我的父亲

这么些年来，与父亲之间没有多少话可说。见了面也不像别人一样，牵着手坐在一起聊聊天。我们父子俩没有太多话交流，已经成了彼此的习惯。

今天父亲节，破天荒给爸打了个电话，祝贺他节日快乐，从电话里听出来，他是很激动的，使劲点着头说好。但是没说两句，就没了话题，电话里的两个人尴尬了几秒钟，不知道再要说什么。像往常一样，爸说，你妈在一边呢，你给她说吧，说完把电话筒递给了妈。

爸是老师，教过语文，当过校长。妈说，他一辈子过得执拗、认真。

上小学时，爸在两三公里外的村子教学，我跟着他吃住在学校。一间平房，一桌一床，平日里爸在办公桌上批改学生作业，我在桌子的一角处做作业。晚上，睡在那张木制的单人床上，我靠墙在里面，爸在外面，床小，防止我睡觉时掉到地上，临睡前总要在床边上挡上一把椅子。那时候，爸年轻，睡觉不打呼噜。

有一次睡着后，在头疼中醒来。睁开眼，发现躺在外面的雪地里，周围一群大人围着，我躺在爸的怀里，他的眼角挂着冻住的水珠。原来，爸在旁边的老师屋里谈论工作，屋子里的煤气炉子漏气，导致我煤气中毒，幸亏爸发现得早，把我抱到外面的雪地里，才苏醒过来。为此，爸自责多年，每每想起总有愧疚的泪花闪烁在眼里。而且自此以后，他养成了每天都检查门窗是否留有缝隙的习惯，而这个习惯一直保持到现在。

上初中时，经常头疼，在县城的医院检查几次都查不出毛病，爸带我去百里外的省会医院看病。从医院的门诊室出来，爸一直满面愁容，走在路上始终耷拉着脑袋，不断地抽着劣质的香烟。一向比较节省的他，那天中午却拉着我进了一家餐馆，点了两个菜，其中一盘是糖醋里脊，这是我一生中吃得最好吃的一顿饭菜。吃饱喝足后，在餐馆门口的一家炒货摊前，又问我喜欢吃什么，我要了一包第一次见的糖炒栗子，一路上边吃边走，开心地蹦蹦跳跳。从省会回到家里，爸整夜睡不着觉，一支支烟接着抽，那段时间他消瘦了不少。隔了两周，爸带我又去了一趟省会医院，花高价挂了专家号，才知道上次的大夫误诊为癫痫病，其实就是鼻炎引起的偏头疼而已，虚惊了一场，爸的眉头才舒展了不少。

20世纪80年代初，长在农村的孩子，刚解决温饱问题，上学是件奢侈的开支。许多孩子初中毕业，就被逼着回家种地了。爸虽是教师，但是工资并不高，爷爷奶奶年纪大，常年有病吃药，我和姐都上学，家里的经济一直不宽敞。但是在我的记忆中，关于上学的事情，却从没有因为钱的问题而间断过，或许爸是老师的原因，知道文化对于一个人的重要性，只要是和读书有关的开支，总是想办法去解决。我上大学时，考的成绩不理想，上的委培类的专业，几千元的学费是家里好几年的收入，这样的学费让很多家庭望而却步，爸却没有丝毫犹豫，只是对我叮嘱了一句，尽管上就好。后来我才知道，这笔钱还了好几年。

爸的火性比较大，有些暴躁，小时候怕他，不想和他说话。长大后，见面少了，交流也少，和他总是不亲近。直到我有了孩子，才隐约感觉到爸是有浓烈爱意的，他把爱充分表达在了隔代亲上，对孙女视为掌上明珠，百般呵护，无微不至。而我与他的交流还是不多，即使多日不见，坐下来的时候，和他也说不了几句话，就没了话题。有时候见到爸和妈吵嘴的时候，总是要说他几句，使他不高兴，时常不欢而散，所以关系不但不亲近，而且疏远了不少。

人过七十古来稀。近两年，逐渐看到爸竟然老了，头发变得稀疏，总是急急走路的他，步履变缓了许多，喉咙里还时常发出老人的声响。我也已到了中年，做了父亲多年后，终于体会到爸的那种深沉的爱意，其实是一种对子女的另类关爱，在沉默寡言中用默默来表达，这或许是他们那代人独有的表达方式吧。

这几年，我试图学着和爸沟通，但是多年的隔阂，总是没找到一种好的表达方式。所幸的是，我们彼此之间却有了一种默契。有时他牵挂我的时候，催着妈给我打电话，总是听到电话声里，他的一句句追问，让妈复述着他的关爱和担心，又或是让姐姐给我很多的嘱咐，他很少直接告诉我。或许遗传爸的基因，我也是这样的，回家的时候，尽量按照他的喜好去买些东西，故意不经意地递给他，而他总是推脱说，不需要给他花钱。但从他欣喜的眼神里看得出，他还是很满意的。后来，听妈说，爸在外面总是给他的朋友展示我买的东西，并强调说这是儿子给买的，说的时候脸上溢满了知足。

白居易在《燕诗示刘叟》里云，"当时父母念，今日尔应知。"回想往事，一件件却历历在目。养儿不易，长大成才更不易，做儿女的当报父母恩。

今日父亲节，以记之，权做是对父亲的感谢。

本文刊发于《金融文坛》2021年04期

娘的娘

秋风秋雨，冷得让人直缩脖子。

我从外地出差回来，坐出租车直接去了父母住的房子。轻轻地叩门，爹把房门打开，屋里的暖意迎面吹来。

"回来了啊，怎不打个电话过来？"爹惊喜地问道，回过头来冲里屋喊了一声："阿鲁回来了。"

屋子里并没有回应，爹说我娘和姥姥在阳台说着话儿呢。

茶几上放了半块石榴，紫红色的水晶粒好似晶莹剔透的玻璃眼睛。还有半盘花生米，旁边堆了一堆花生皮。

穿过卧室的房门，我蹑手蹑脚地走进阳台里面，把手机的照相功能打开，猫着腰，感觉自己像个灵巧的盗贼。

下午的阳光从玻璃窗子透进来，红山楂铺满了阳台的半个地面，旁边还晾晒着玉米棒子，装扮得像老家的庄稼地。

此时，一幅比阳光更温暖的画面映入了我的眼帘，两个老人正在阳台上忙碌地做活，她们全神贯注竟然没有感觉到我走进来，我举起手中的相机摁下了快门，一张白发母女的照片成为经典。那满头白发蹲在地上捡山楂的是俺娘，对面坐在软椅上戴着老花镜纳鞋垫的头发更白的老太太是俺娘的娘。

娘抬头看到我进来，欣喜地笑了。把手里的山楂放下，在腰里的围裙上搓了搓，抬起胳膊用手捅了捅她娘，娘的娘抬起眼睛满脸笑意地看着闺女，一脸的疑惑，俺娘向我一努嘴，用手指向我，大声说："你看谁来了。"

娘的娘扭过头，眼睛从老花镜的上边瞄过来，嘴一咧，笑了。满目的褶皱排列了一幅姥姥独有的慈祥画面。

"你来了啊。"姥姥想站起身子，却被她闺女一把摁住。

"你认识他吗？"俺娘故意地问。

"嗨，我又不糊涂，还能不认识。"姥姥批评她的女儿，言语里故意带着责备的声调。

转过头来冲我继续微笑，轻声地问："孩子咋没来呢？"

我用双手比画成读书的样子。她点了点头，像是跟我说，也似在自言自语，"噢，上学呢。"

"九十了，老了。"她突然向我伸出一个手指头，手指的前两个关节努力地弯了弯。"就是听不见了呢，你说难受不难受。"她又指了指自己的耳朵，脸上浮现出一丝难过的表情。

我不知该回答什么，愣了好一阵子，只是冲她伸了伸大拇指，意思是：身体很棒，听不见是好事。她摇了摇头，脸上又恢复了笑容，笑容的后面有丝丝的无奈。

耳朵听不到是件大事，姥姥两年前突然就听不到声音了，问了医生，说是老年失聪且无药可治，家人尝试着买了助听器，但并没有什么效果，最终还是放弃了。而姥姥在这一年的时间里却丝毫没有放松，一直不相信是真的听不到了。家里来了客人就说自己耳聋的事情，眼睛直盯着对方，期待有个治疗的方法，可是却次次从对方口型中得到了失望的答案。但是，她似乎依然没有放弃的意思。

姥姥用手拉了拉俺娘的胳膊，俺娘笑了，冲着她摆摆手。俺娘回过头来对我说："她又让我去把你去年给她买的助听器拿过来，问问你能否再去修一下。"

我知道，她一直期盼我能给她希望，因为我每次来看望她，都能看到这双期待的眼睛。我也知道，我没有能力达成老人这点心愿。

曾经的姥姥，是一个当家主事，知书达理，做事利落的人，从不想成为别人的负担。如今已入耄耋之年，虽腿脚利索，脑子清楚，但耳朵却听不到了，究竟是一种什么感觉，是痛还是福？

"你要鞋垫吗？"姥姥举了举手里的鞋垫，我摇了摇头，然后，连忙又点了点头。

"让你娘给你挑两双好看的带走，鞋垫护脚。"她欠起身子，蹀步到阳台的橱柜边上，拉开橱门，一排排错落有致的鞋垫被整齐地摆在里面。

我顺从地从橱柜里边挑了一双，垫进皮鞋里面，软软的，暖暖的。

"老了，九十了。"她喃喃地说着，拉着我不肯撒手。突然又想起了什么，指着自己的耳朵，眼睛望着我，"不知道哪个先生有法子治治我的耳朵？"

我点点头，用眼神告诉她，我会想办法的。

俺娘说，姥姥最近像孩子一样跟着她，寸步不离。

俺娘还说，好后悔啊，在她还能听见的时候，应该拿个小马扎坐在她身旁，听她讲讲过去的故事。

我也是这样想的。

愿你做个永不回头的浪子，在青春的韶华里不羁徜徉

——致女儿的信

每年的此刻，老爸都会困惑，究竟要送你什么样的礼物，才能代表我的心意，满足你的心愿。你知道爸爸出生在农村，在田野里长大，那是个连吃喝都不能满足的年代，父母能记得自己孩子的生日就不错了，更不要祈求去过生日。因此，包括你爷爷奶奶，我和你妈都没有过生日的习惯。后来生了你，这才有了每年过生日的仪式，而且全家人都清楚记得你的生日。事实上，其他人家也大概如此吧，这是你们独生子女一代享有的权利，所以你们是幸福一代。但是，每年给你准备什么生日礼物却成了一种困惑，随着你年龄的长大，越来越懂事，你的标准就会提高，这种困惑对我们来说，就增大了许多。

感谢你今年为我解除困惑，提早就告诉了我，今年过节不收礼，收礼也不收脑白金。（也许是去年送你的裙子不太满意的缘故吧？）上周特地给我说，要我写一封信给你当作生日礼物，你把它作为青春的记忆来收藏。这让为父窃喜了好几天，不是吝啬口袋里的银子，而是你帮爸爸

做了选择，从而避免了辗转反侧去思考送什么，又怕不合你心意的烦恼，从这件事来说，你是个好闺女！

至于给你的信，究竟要写什么内容，我并没有多想和准备，自己认为提笔就可以写个三五千字给你并不难，知女莫如父嘛！再加上咱俩之间无话不谈、情同知己（老爸是不是有点自作多情了），且经常交流，应该话题很多。而当真正拿起笔来的时候，却发现，除了家长里短的话题，没有太多需要写的东西，可能是平日里跟你交流较多的缘故吧，该说的都说了。于是拿起笔来又放下，写了一页，撕了，又重写，就这样拖了好几天。今天是父亲节，责任感和父女情促使我不能再懒惰了，因为后天就是你的生日了。现在就开始郑重地给闺女写信了！

老爸曾经读过很多名人写给孩子的信，说得非常有道理，当然也同样适用于你。

关于为人处世，著名主持人梁继璋给儿子说，对你不好的人，你不要太介意。在你一生中，没有人有义务要对你好，除了我和你妈妈。对你好的人，你一定要珍惜、感恩。另外，你要记得这个世界上没有人是不可替代的，没有东西是必须拥有的。看透了这一点，将来就算你失去了世间最爱的一切时，也应该明白，这并不是什么大不了的事。

还有很多名人写给孩子的信，能流传下来的都是经典金句，我劝你有机会百度一下，读一读。他们不是写给读者的，是先写给孩子，再分享给读者的，一定是肺腑之言和自己人生感悟的总结。

当年你上初中时，学校要求家长给你写封信，老爸洋洋洒洒写了一封长信，忘记什么内容了，当时也是有感而发，还获得了老师的表扬。高中时好像也写过吧，忘了。估计内容都是绞尽脑汁、搜肠刮肚地搜索了些文字，去劝你应该努力学习之类的吧，猜你应该也没什么印象了。

在你大学期间，老爸主动给你写信的冲动也有过两次，一是你大二刚开始谈恋爱的时候，老爸那个担心啊，怕你被那小子骗了，总想写封信嘱咐嘱咐你，但是听你说的那家伙，好像也不怎么会骗人，就打消了劝你的念头。心里想，还是让你感受一下初恋的滋味吧，毕竟人的初恋只有一次。另一次就是你失恋的时候，你哭着给我打电话的时候，老爸的心也碎了，虽然老爸早已忘记初恋分手的滋味，但是你的痛同样连着老爸的心呢，当时真切感受到了"十指连心"这个词的含义。老爸当时写了《关于爱情》的文字想给你，怕你伤心，想教你如何处理分手，判断男女在恋爱中的心理，告诉你如何去争取爱情。怕写信写不清楚，就在电话里把我的想法表达了出来，看你安全度过了那段时期，就把那段文字丢掉了，没有发给你。（当然，你后来成功地做了对初恋的了断，并且从那段感情逐渐走了出来，结果是令老父满意的。）

啰里啰唆说这么久，还没有进入主题呢。咱们按照写总结的方式叙述，先说说你读大学这几年的成长吧。首先是身高，超出了所有人的预期呢，若不是五官像我，我真的要去做个亲子鉴定了，我的闺女竟然能长到一米七以上的个子，简直不可思议。其次良好的性格让你在大学里过得快快乐乐，无论是交友，还是学习和生活，你都找到了目标和方法，不断成长的自信也开始洋溢在脸上。还有就是爸爸在你上大学前提到的，要聚焦在"学读网书"这四个目标上面，（学习，把专业课学好，这是立业之本；读书，读遍图书馆里的名著，这是你气质的来源；网球，锻炼好身体，更能遇到你心仪的帅哥；书法，把特长培养成爱好，成为与众不同的你）。恭喜你完成了百分之八十，有些做得很好，比如学和网，有些没有太坚持，比如书法，希望你继续坚持下去。

另外，让老爸越来越高兴的是，你的一些价值观和人生观也日渐成熟起来，并且赶超了许多同龄人，这是厚积薄发的原因。总之你在大学的这几年的成长，老父深感欣慰。

说几个观念吧。

首先关于爱情。这可能是你最近比较关心的话题吧。虽然老爸没太有资格谈论这个话题，因为你妈的原因，老爸没机会谈几次恋爱，也没多少经验，但是我的观念应该是有道理的。关于爱情，首先你要相信爱情，无论一个人谈过几次恋爱，失恋过几次，都要相信世界上是有美好爱情的。所谓爱情就是碰到了那个对的人，是恰好能满足双方心理标准的人。"乱花渐欲迷人眼"，人容易被外表、装扮、金钱、权势等迷惑，这是外在表面的一些会满足你的部分需求而已，真实的内在要靠你的慧眼和相处才能感应到对方是不是符合自己的标准。但是你要记得，人无完人，每个人都有优点和缺点，哪种品格是你想要的那才最重要。瑕不掩瑜，总有一种是你的菜。最怕的则是连自己也不知道自己要什么样的菜，这时候要仔细梳理一下，你究竟想要什么？

关于亲情。血缘关系是亲情的纽带，有人说"要对生你的，和你生的人负责任"，这既是责任也是传承。人比动物高贵就是因为有情感，我们在电视里或电脑里经常看到动物对待孩子都充满了深情而令人动容，更何况是高级动物的人类呢。老爸从来不与那些不孝敬父母、不尊重亲人的人交往，一个连自己的亲人都不尊重、不亲近的人，不会去尊重别人的，他的心里只有自己，所有的一切都是虚伪的。亲情是你终身可以依赖的，当你在任何时候，遇到任何困难，不离不弃的往往是亲情。所以你要善待亲情，要维护亲情。我认为你做得就很好，比如经常跟爷爷奶奶视频通话，过节回家去陪伴他们，这都是善待亲情、感恩亲情的体现！亲情会因为贫富而疏远，但是不会轻易割断。但是亲情也需要维护和保养，"远亲不如近邻"就是说，有血缘关系的亲戚若是不经常联系，尚不如没有亲情的邻居。亲情是一个让你感受温暖的地方，那是家的感觉，那里是温暖的港湾。可惜的是，社会上的亲情观念却越来越被边缘的价值观给淡化了，冷漠了。没有了亲情的人就很容易迷失自己，因而，在你未来的人生中，要努力维护好亲情，给家人、给自己留一片温暖的天地，这是人生最好的陪伴。

关于友情。人一辈子有三五知己足矣，有知己、闺蜜的人是幸福的，喜怒哀乐有人分享很重要。好的友情可以持续一辈子，情同手足的友谊，有的甚至比亲兄妹之情都要亲，许多不能同家人说的私密事，可以说给好友去听。没有知己的人是可悲的，也是寂寞的。犹如老爸和你左叔叔他们几个，我们相识多年无话不说，有事共商量，有开心事共分享，像亲兄弟一样来往，真的很亲密，有他们老爸从未感觉过孤单。你们作为独生子女，更应该有几个好友知己。而好友是可遇不可求的，学生时代的纯真可以建立起真挚的友情，上班以后，因为有了利益和等级的观念，这种纯真的友情就很难遇到了。所以啊，现在珍惜你要好的同学，尤其是那些情投意合的同学，你们会彼此陪伴一生。同样，友情也需要维护，还需要宽容。长久不联系，就会淡忘，随着年龄的增长，环境的不同，经历的不同，情谊会改变，但是若是彼此珍惜，宽容缺点，真诚付出，经常联系，携手向前，伟大的友情就会像蓝天一样不离不弃，伴你永久。

关于未来。老爸想到了许多，就业、婚姻、生子、生活等，这些都是你的未来。有人说："不知未来是什么样子，但是未来一定会来的。"老爸却说："在未来来临之前，我积极生活，当它来了，我用热情去拥抱它，抓住它，这样就拥有了未来。"佛祖说："前世因今世果，今世因来世果。"也就是说，你的未来取决于今天的努力，活在当下，做好自己，未来就一定美好。记得你刚上大学的时候，我就告诉你，上学期间，你的主要任务依然是学习，其他的都是副业，莫要主次不分。许多人上学的时候忙经商，上班的时候又去忙着补考学历，顾此失彼。你还要不断地去尝试新鲜的事物，在青春的时期就要去尝试，不要怕丢面子，尝试了的事情就是你的财富。未来你就会知道后悔当年为何不去做，所以，当下的事情就要在当下做好它，以免未来会后悔。机会是留给有准备的人的，踏实地走好每一步，才是通向未来的光明之路。

你目前的当下，是要为去英国读研做好准备，雅思是阻挡你前进的拦路虎，跨过去就会和另一群优秀的人并驾齐驱，策马扬鞭，驰骋在广阔的草原上。跨不过去，并非见不到草原，而是你要绕路才能看到，比别人就晚了一步。老爸希望你是个理想主义者，充满追求。有梦想，才会有多彩的世界，在通往理想的路途中，抓住每一个当下的机会，你才会拥有属于你的梦想。

老爸的拖延症一直没治好，又拖到了6月18日凌晨，别人都在抢购货物，而老爸却在伏案秉烛给闺女写信，但毫无困意，心情愉悦，比别人帮自己清空购物车还要爽。

你前几天晚上跟我说，未来老爸能否追随你去勇闯天涯。（意思是这样吧？）不知你是否因为在同学聚会时喝了"勇闯天涯"的啤酒后说的这句话，还是什么情况下有感而发。老爸当然回答了"OF COURSE!"虽然不敢保证和你形影不离，最起码敢保证的是老爸的心永远陪伴你左右，且能做到召之即来，挥之即去，不做个令女儿厌烦的糟老头子。

好吧！困了。祝我的宝贝闺女生日快乐吧！开心每一天，认真过好每一天！近四千字的碎语，谨代表一个亲生父亲的真情祝福吧！

双翼齐展，飞出一个多彩的人生

——致女儿的信

不同于前些年，你上中学和大学时，给你的文字多是写一些告诫和教导。那时你还小，可以随手拈来，信口开河。现在的你却不同，知识比我多，学历比我高，见识也不少，给你写的信是需要打草稿的。因为现在的你，在我的眼里，不仅仅是女儿，还是个年轻人。所以这封信既是父亲和女儿的对话，也是中年人和年轻人的交流。

今年春节我给朋友发信息拜年，图片选的是一个穿着袈裟的僧人，在红色的寺庙院墙上竖了一把梯子，正欲向上攀登。我配了两句话："祝生活红红火火，祝事业再攀新高。"收到的朋友都夸奖图文很好，把重要的事情都祝福了。其实，人生就是一场修行，生活和工作是修行的目标。有人说，勤奋工作，快乐生活；也有人说，快乐工作，幸福生活。总之是要把这两件事安排好，人生就会多姿多彩！

首先说生活。广义的生活包罗万象，人生的各种活动都叫生活。狭义的生活是和工作相对的，单指日常除了工作以外的活动，包括日常、娱乐、情感。其实，在我的眼中，你们九五后的年轻人是很懂生活的一代，在注重生活方面，你们是我们六七十年代出生的人的老师。我们那代人的生活是为了生存，所有的活动是围绕着如何赚钱养家，买房买车，存钱养老，教育子女，而整天忙忙碌碌，东跑西走的，根本没有自己的时间，也没有自己的生活。直到有一天，突然明白了"生活"这个词的含义时，才发现自己两鬓染霜，已经老了。其实，我们即使年轻时候早明白，也不敢去过所谓的生活，因为我们这代人在过去的年代没有依靠，怕拥有的东西再丢失了，心里没有底气，用更多时间去生活，觉得那是一种浪费。现在想来，这样的思想是错的。

　　脑子清醒的人都知道，人生拥有幸福快乐的生活尤为重要。生活需要计划和安排，要丰富多彩，但是要主次分明，不能稀里糊涂。人的精力非常有限，时间也很有限。生活却很烦杂，包括吃饭、娱乐，亲情、友情、爱情。既要满足物质欲望，又要考虑精神需求。有头脑的人，会经常问问自己，人生究竟需要什么？如何把生活过得充实，这一条很重要。有经验的人会告诉你，生活中要有些固定的爱好或特长，这样就会有一群同样爱好的朋友，这些爱好和特长陪伴一生，就能找到长久的乐趣。在生活中还要有一定的仪式感，因为仪式感会带来对生活的重视，你的关注和重视就会付出，付出就能带来回报，回报会给你喜悦和幸福的感觉。另外，一个人还不能仅仅满足于物质的欲望，物质的满足只会带来短时的快乐。而真正长久的愉悦一定是精神方面的，所以让自己有一定的思想就变得很重要。思想是靠学习积累和不断思考养成的，学习积累的方式有多种，其中比较直接的是读书，养成良好的读书学习习惯，让思想精神不再无聊和孤单。还有，就是拥有健康的身体，随着年龄的增长，会越来越明白"身体是革命的本钱"这句话的含义，因为没有健康的体魄就等同于失去了一切。这些例子告诉我们，生活繁杂，需要一双慧眼，会生活的人才懂得幸福。

总结一下，生活就像炒菜，需要丰富的食材，多样的调味品，才能做出可口的饭菜。主料和辅料要清楚，别本末倒置。炒菜的时候要掌握火候，注意任何事都是恰到好处才最可口，炒不熟和炒煳了都难吃，过犹不及。若想色香味俱全，也离不开葱花、香菜等红绿蓝白的佐料。菜品上桌，赏心悦目的餐具，还有舒缓的音乐，在温馨的环境里品尝佳肴感觉又不同。当然，生活不像做大餐一样苛求顿顿圆满，但是生活不能太随意，粗茶淡饭可以吃饱，但是不能成为人生的盛筵。

再说一说工作。工作是生活的基础，是个人价值的体现。无论是上班还是创业，是立足社会的根基。无论男人还是女人，通过工作获得收入，是人格独立和生活独立的基础。工作也是与社会接触，接受新事物、新资讯最直接的场所。拥有一份满意的工作，把工作做成奋斗的事业，也是人生中比重较大的幸福。现实社会里，工作有好坏之分，也有贵贱等级。传统的大家眼中的好工作，受人尊敬，收入高且稳定。这类工作集中了多数职场的精英阶层，门槛高，竞争激烈，虽千里挑一仍趋之若鹜。如公务员、医生、央企员工等。好的工作会带来较多的社会福利，比如薪酬优厚，影响力较大，交往面广等，让你在社会中的生活就变得轻松许多。如今，随着时代的变迁，对好工作的认知也逐渐扩大了，对有些新兴行业，有未来发展前景的工作，也称之为好工作，比如互联网、保险证券、半导体新兴材料，还有具有前瞻性行业的外资企业等，这些类型的工作收入高，并且个人发展空间较大，近几年同样吸引了大批人才的进入。众所周知，取得好工作没那么容易，以毕业生寻找工作为例，进入好单位需要高学历门槛，还需要学识的积累和准备。学历在一定程度上代表了一个人的学习能力和未来的潜力，在单位招聘员工时，学历相当于做了初步的优选，名校则是优中选优。只跨过学历的门槛还不行，你面对的是成千上万的同类型竞争者，还需要学识准备，笔试和面试不单单考你的知识，还考验你的临场发挥能力，这些都需要提前精心准备，不能只是临阵磨枪。

当然所谓的好工作和一般工作都是相对的。"世界上没有不好的职业，只有干不好的职业"，这句话非常有道理。选择工作时，可以"爱一行干一行"，但是选择后则要，"干一行爱一行"，只有这样你才能在工作中不断取得进步，否则会这山望着那山高，望洋兴叹又无可奈何，导致蹉跎了岁月。一般情况，起点高你会领先别人，拥有更快的成长。起点低会脚踏实地，拥有厚实的知识积累。当你进入了工作单位后，你和周围的人就站在了同一个起点上，相当于重新进入了比赛的跑道，这个时候过去的学历、学识都不是那么重要了，重要的是对新环境的适应能力，还有社会学习力的积累。

去一家单位工作和自己独立创业是完全不同的概念，别被那些成功者的自传书籍迷失了头脑。比尔·盖茨只告诉你他中途退学创业，却没告诉过你，他爸爸是国会议员、律师协会的主席，母亲是IBM的董事。没有社会经历和经验，没有成熟的技能和专业，自己创业很难成功。若是你没有一定的基础，尤其是学生刚毕业，还是找一份工作为好，当然找到理想的工作更好。等积累一段时间后，再去考虑创业的问题。

在工作中开创一番自己的事业，也是不错的选择。我经常把工作中追求事业的发展比作爬泰山。若把工作当成爬山比赛，但是工作中的比赛又不像奥运会，并没有那么多明确的规则。起点虽都在山脚下，目标都是到达山顶。每个人会根据自己的性格、资源，有的人会选择走路，有的人选择跑步前进，有的人则是驾车上山（并非所有人都有车）。大家虽然一起向山顶出发，但是走着走着，人和人之间就拉开了差距。有的人到了中天门，有的人才刚离开山脚下的红门。另外，登山时的心境也是不一样的，有人把自己当成参赛者，有人把自己当成游客，有人还把自己当成了挑山工，不同的心境走出来的道路也是不一样的。爬山时，有些人是一个人前行，有的人是跟着团队行走，有的人被人抬着向前走。

千奇百怪，各显神通，这就是真正的社会。当你辛苦地爬到中天门时，你惊奇地发现已经有许多人早已到了那里。抬头看到前面有些人在脚步不停地继续向上爬，回过头来看下面的阶梯，发现还有好些人还没爬上来，你和他们也拉开了距离。去山顶的路，有著名的十八盘，台阶陡峭，能否爬上去难知，还会有掉下去的危险。有部分人感觉体力不支，腿脚累了，认为中天门风景也不错，选择在路边的凉亭下休闲游玩。有的人则选择继续爬陡峭的十八盘，也有一部分人从中天门坐着电梯直接去了南天门，你也想去坐电梯，发现门票很贵，而且排队的人还不少。比较幸运地挤上了电梯，或者经过千难万险终于攀爬了十八盘后，终于到达了泰山的南天门。你会发现，曾经一起出发的人，只有一小部分人能够顺利到达了这里。在泰山的天街上一览众山小确实心情不错，犹如工作中，事业达到一定高度一样，你看到的风景与那些没上山顶的人看到的肯定不同。

爬泰山登顶的路程和工作中追求事业巅峰是异曲同工的，有的人走了捷径，比如坐电梯上去的，下来得也快。挑山工虽然负重前行，但是一步一个脚印，走得也并不慢。从山脚下一步步爬的人，一路的感受、看到的风景也不同于他人，用汗水走出来的路更是一笔人生的财富。所以，每个人同样的爬山却都有各自不同的感受。同理，工作也是如此，辛苦付出得到的回报，要比捷径取得的成果感受也会不一样。

无论是生活还是工作，都要去认真对待，要相信幸福在自己的手中，更要知道天上不会轻易掉馅饼，即使有一天馅饼从天上掉下来，也只会砸到那些有准备的人的头上。

与你共勉，让我们都安排好生活和工作，双翼齐展，飞出一个多彩的人生！

那年明月夜

举头望明月，低头思故乡。

当金黄的月亮悄悄爬上了树梢，摇曳的倩影随秋风一起醉舞时，漂泊游子的那根悸动的心弦便不再宁静。

每到中秋月圆时，我便开始思念久违的故乡了。

当年那轮明月，同样的皎洁靓丽，也是同样的夜晚，同样的秋风，似乎一切都没改变。而抬头望月的那个人，满头黑发变成了银丝，眼神里依然弥漫着儿时的梦想，那些曾经的稚嫩化成了脸上的褶皱。似乎倏然一瞬间，却弹指数十年，不清楚时间究竟去了哪里。

三十多年前的农村，繁忙的秋收尚未临近，闲暇却给了农民自由。经济拮据阻挡不住内心热烈，更何况恰在中秋月圆时，月色就是最美好的约定。中秋节，是团聚的节日。

太阳还未落山，月亮就急不可耐地升了起来，亲朋好友早早到了几天前就约定好的人家。茉莉花茶的香味从大茶壶的弯嘴里飘了出来，搪瓷大茶盘里的葵花籽，在"咔嚓咔嚓"声中，变成了地面上一层的空壳皮儿，踩在上面咯吱咯吱响。男人的说笑从来都是随意的，唾沫星子隔着八仙桌子都能溅到脸上，爽朗的笑声似乎要把盖着红瓦的房顶都要掀翻。院墙外路过的人，被嬉笑声吸引，从虚掩的大门探头看热闹，被正屋里的人看到，招呼进去，拉到凳子上摁着坐下来。

院子角落的厨房里，全是张罗饭菜的婆娘们。柴火堆旁，有人把风箱拉得"咕哒咕哒"直叫，有人忙不停地向炉膛里填送着秸秆。另一边，蒙着头巾的女人正拿着长柄铁铲，不断翻炒着铁锅里的菜肴。那口生铁铸制的铁锅，架在三块砖支成的简易灶上。灶下面的火苗不时蹦出的火星子，炒菜的人向后躲着，却撞在端菜的人身上。一会儿的工夫，厨房里的饭菜就摆满了正屋的大桌子。冒着热气的菜一上了桌，屋里立即就变换了另一种气氛。撞杯声、劝酒声，开始从屋子里逐渐地溢出来，和菜香一起，带着醉意，飘到了院子的外面。

月亮悄悄爬上了屋顶，攀上了树梢，静静地悬在半空里，像个慈祥老人举着的灯笼，照看着院子里的一切。

孩子们也不像往日一样，在大街上追逐嬉闹。那些天天一起玩的小朋友，也学着大人的样子，偷偷地约好了。大人闷在屋里面，他们却选在那些没有人住的院子里，在枣树杈上挂一盏马蹄灯，把灯芯调大，照亮了半个天井。中秋的聚会，父母也是鼓励的，让他们从家里带够了聚会的菜肴。水果罐头、豆腐皮、火腿肠、花生米、黄瓜条，各式各样，琳琅满目，铺满了马蹄灯下面的矮桌子。年龄长几岁的大孩子，还偷带了瓶老白干。倒在茶碗里，学着大人的样子，端起来向嘴里倒。第一次喝酒的孩子，一口下去，被辣得龇牙乱叫。有的胆小，死活不肯尝一口，被旁边个高的孩子捏了鼻子，塞到嘴边，不知是被辣的，还是被捏得眼泪都流了下来，却不离开座位。一开始时，还学大人们文绉绉的样子，一会儿就忘了，围着桌子打闹着，欢快的声音灌满了一院子。

月亮变得又大又圆，从树梢继续向上攀爬。

大人们似乎意犹未尽，忘记了赏月，空酒瓶挨着墙根摆了一排，醉酒的声音跟着月亮持续攀高。孩子们却早已吃饱喝足，不知是谁喊了一声"咱们去西河边上看月亮吧！"这声被一呼百应，扔下碗筷，便冲了出去，院子留下了一地狼藉。

西河，是村西头庄稼地穿过的一条大河。月亮此时变成了长线的风筝，风吹着向前跑，牵引着孩子们一起来到了村头上。露水打湿了两岸的青草，叶子油亮亮的，月光又在上面撒了层银粉，亮闪闪的。此时的月亮，停下了脚步，低下头去看，水里竟然又多了个月亮。西河的堤岸上，小伙伴们寻了块青草地，有的躺，有的卧，还有的趴着，抬头看看天上的，又低头看看水里的。月亮好亮，好静、好清、好美！

"我看到了嫦娥呢！"有人突然喊了一声。顺着他手指的方向，十几双眼睛齐刷刷跟了过去，

"是呢，我也看到了，还有兔子呢，正在捣药。"

"我怎么看不到呢？"有人着急使劲地揉着眼睛。

"你再仔细看，兔子前面不是只捣药的臼子吗！"第一个看到的，认真指点着。

"看不清上面的，就看水里的，水里的更清楚。"总是有更聪明的人，像是发现了新大陆。于是，眼睛又齐刷刷从天上落进了水里。

"扑通！"突然激起的水花一下把金黄的圆盘敲碎了，散落进水里，化成一条条金边的丝带。

"谁扔的石块啊？"有人不高兴地问。

"我看到了，是条鱼！是条大鲤鱼。"有人回答。

"鲤鱼跳龙门。"大家想起语文课本里的故事。

一会儿，水面又恢复了平静。那轮黄澄澄的大金月仍然在水里，只是变得更圆更大更亮了。

河岸上，那些躺着、坐着、卧着的，望着月亮，谈论着梦想，欢快地

享受着少年时光。青草的味道，凉凉的秋风，蛐蛐的叫声，加上刚才在院子里轻抿的那口白酒，一切都醉了，醉倒在这金色的月色里。

三十年后的夜色，月亮再次升起来，还是那轮三十年前的明月。故乡的小伙伴们早已儿女满堂了，也许此时的他们，正像当年的大人们一样，在屋子里猜拳畅饮呢。只是不知道，他们的孩子是否像当初的我们，躺在村头的西河边上，看着月亮，谈论梦想。

城市里的月亮也越来越亮了，透过钢筋水泥的丛林跑进窗子里。

我仔细地端详它，广寒宫里的嫦娥，坐在桂花树下，正给捣药的兔子讲述我们儿时的故事。

老屋的回忆

孩子，请允许我最后一次称呼你，虽然你也两鬓斑白，虽然你早已有了孩子，可在我眼里，你是那个永远长不大的孩子。

谢谢你清明节这天来看我，这一天，是你的选择，也是我的决定。

放眼全村，土坯墙的房屋，除了前街上那几个苟延残喘的残垣断壁，依然能矗立不倒的只剩我这个老朽了。四十二年，对于人的年纪来说正当壮年，而对于一个土坯制成的老屋来说，早已到了耄耋之年。其实，我早已在屋内抬头便能眼望蓝天，夜晚满天星斗向我眨眼，歪头就能感受到从裂缝吹来的雪雨冰风、寒霜热浪。这几年来，数次的疾风骤雨，都不曾让我孱弱的躯体屈服和折腰，即便是墙体断裂，梁断顶漏。孩子，我一直在等你，等你这个决定。

孩子，还记得吗？房梁上弯绕着的那个生锈的铁丝钩，那里曾经挂着一个用竹子编的篮筐，里面盛着过年才能吃到的白面馒头和糖包，有时也会有香喷喷的油条，这是亲戚来串门带来的，也许是邻居家生小孩送的。大人舍不得吃，又怕被狗猫和你一次性偷吃完，就用竹篮挂到房梁上。谁知防得住猫狗却防不住你，每次放学回来的第一件事，你就把书包一甩，去找小板凳，踏在小板凳上，不顾它的摇晃就直接爬到了桌上，双手举过头顶，小脚用力踮着，竹篮就从挂钩上被摘下了。有几次用力过猛，竹篮倾斜，那糖包、油条就掉到地上，滚了一屋。你连滚带爬地下来，一个个捡起来，重新塞到篮子里，再笨拙地把篮子举到铁钩上，都忘记了拍打上面的尘土。直到被妈发现，屁股挨了巴掌，才承认是自己干的。

孩子，你看我那灰白的墙体，似乎已看不到当年白灰的倩影，那可是从百里的临县外拉来的优质白灰，当年抹到屋子里的土墙上，洋气得很呢。当年张贴在我身上的那些画报现在仍然在，只是已经发黄了。那是城里人看过的旧杂志、旧挂历。当年刘晓庆还很年轻，一双大大的丹凤眼楚楚动人；妩媚无比的陈冲还是小姑娘；谁也不曾料到的是奶油小生唐国强，后来竟然成了主演皇帝、伟人的专业户。一张挨一张整整齐齐的，花花丽丽的，坐在对面望着墙上的电影明星，看久了，那画报上的人便会动起来，热热闹闹的，后来你看了部神话小人书叫《画中人》，你总是幻想着，墙上的人能像电影里的一样走下来。

正冲屋门的中间，满是灰尘的土墙上留着鲜明的覆盖印记，那是曾经悬挂中堂的地方，是当看病先生的爷爷找人写画的，左联是"忠厚传家久"，右联"诗书继世长"，中间是一幅毛笔作的山水画，有山有水有松树，还有乘凉的亭子，那时的你，画里的风景你都还没见过。过年时，中堂下面摆满了平日不常见的鸡鱼肉肘，大白面馒头也被摆放在两边。中间位置是用馒头做底座，插两根筷子，立一个用烧纸折叠令牌相似的牌位，毛笔书写着"李门中三代宗亲之神位"的字样，新年钟声响起，松香缭绕，屋里散发着安然、虔诚的味道。

中堂下面是四方四正的八仙桌，两把高背的太师椅端坐在两侧，桌子和墙壁之间是长条的黑漆搁几板，端庄又稳重。左边那把椅子是爷爷的专座，平日里，没有人敢碰那把椅子，无意中坐上，说小了是不懂规矩，说大了那是以下犯上，要挨板子的。家里只有你胆子大，作为嫡传的孙子可以在任何桌椅爬上爬下，仿佛你是家里的小皇帝。爷爷在家，是没人敢管你的。爷爷不在家时，你就不敢放肆了，在爸妈面前，就听话地坐在桌前的板凳上。来了客人，就变得更加可爱，完全像变了一个人似的，连桌子边也不敢凑一凑。爷爷说，你是个懂事的孩子，墙上中堂两边挂的对联，就是家里的祖训。

　　孩子，你还记得靠着东墙的土炕是哪年被扒掉的吗？后来，这个位置换成了木床，其实，当年你最喜欢睡的就是那个土炕。造炕的土坯和我的墙体是一奶同胞，盖完我把剩下的土坯就盘了个火炕，在炕下面留了烧柴取暖的烟道，但是家里人为了让房间干净，冬天一直未曾用柴烧过。窗外寒风呼啸，四五层的棉被盖到身上，依然是暖烘烘的。夏日里，那顶不知用了多少年的蚊帐，不像现在的蚊帐一样透明稀薄，而是绵软、厚实，灰色是因为洗了无数遍，白色掉了色。几根竹竿和墙体连接架在土炕上，像现如今在郊外搭起的帐篷。蚊帐的四壁上点缀着一些布制的花朵，那是你身上被蚊子叮了包后，奶奶戴着老花镜带着愤怒寻到的破洞，一块块缝补上的，奶奶的手可巧了，将小洞补成小花，大洞用布剪成的树叶补。在夏日的晚上，桌子上的煤油灯映进蚊帐里形成波浪的光影，你和姐姐静静地躺在土炕上，望着蚊帐顶上的褶皱，听奶奶讲着她小时候的故事，渐渐进入了甜美的梦乡。

　　挨着土炕的五斗柜是奶奶的嫁妆，是奶奶的爹找人用家里的老槐树打造的。槐树的木头密度高，打出来的家具厚重不变形，整个柜子全是榫卯结构，没有一颗铁钉，若是留到现在，一定可做文物来收藏。想不到的是，这黑漆的古董家具却成了你少时的玩伴。缺少玩具的年代，来个小伙伴，你能拿得出手的招待，就是让奶奶把五斗柜的两个大抽屉搬到地上，供你们玩耍。两个抽屉就是两个百宝箱，里面的纽扣应有尽有，火柴盒、玻璃球，还有各式样做针线活的顶针，缠线的箍、小核桃、小葫芦……小伙伴们像探宝人一样，瞪大了眼睛，完全进入了魔法世界一般，当翻到一两个未曾见过的物件，举着去问家长，十万个为什么能问一个遍。两个大抽屉能玩一两个小时，小伙伴离开的时候，总是恋恋不舍，一步一回头地被家长拖走了。而你的盼望则是，当你去他家时，他也能像你招待他一样招待你。

最西边的那间屋，你们称呼它小北屋。独立的一间，房间很小，只有靠墙的一张床和一组顶箱柜。儿时的你和父母有时就挤住在这张小床上。床帷子是用报纸张贴而成，高高的西山墙上有个不大的小窗户，白天日落前，会有阳光透进来。对了，你看到了没？在床头的正上方，一根细细的棉绳垂下来，一头在房顶的木檩条上系着，另一头垂下来，随微风荡来荡去的。还记得是做什么用的吗？当年这条垂下的绳子上，绑了一个铁丝拧成的挂钩，一只小药瓶制成的煤油灯就挂在上面。月亮挂柳梢，夜静了，劳累了一天的人，大多都睡了，只有这盏煤油灯和母亲没有睡，她在一针一线地纳着鞋底，针钝了，就拿起来在花白的头发上划几下，针便顺溜了许多。睡眼蒙眬的你，看到灯光里的妈妈那疲倦的面容。小时候的你就嘴甜，"妈，睡觉吧。"妈给你掖了掖敞开的被角。"你先睡吧，胳膊别露外面受凉。"灯光是暖的，被窝里也是暖的，在妈妈的身边睡着更是暖暖的。孩子，我这粗糙的四间土房，藏着你多少儿时的故事啊，现在说都说不完。

院子里，粗壮的枣树遮天蔽日，像是一把大大的遮阳伞。枣树下，爷爷一只手拿着大烟袋，另一只手摇着蒲扇。阿黄趴在爷爷旁边，尾巴跟着蒲扇一起忽闪忽闪地摇着，仿佛它要把气温降下来一般。西南角的牛棚里，老黑牛正大口吃着你和姐姐白天割来的青草，不时地抬起头来"哞哞"地叫两声，像是在感谢小主人的辛劳。"吃饭了！"院子正中央处摆好了小桌子和小板凳，奶奶叫着你。桌子上高粱秆编的篦子，摆满了诱人的食物，黄澄澄的是玉米面窝头和饼子，红彤彤的是煮地瓜。搪瓷盘子里盛着半盘丝状长条的东西，你咬一口却咧了嘴，太咸了。原来是屋门前大缸里的萝卜咸菜，被奶奶切成了条，你以为是土豆丝，却是满嘴咸涩的破咸菜。在挨着你最近的地方，有一个白瓷小碗，里面有白若糯糊的东西，用筷子戳一些抹到玉米面的饼子尖上，塞进嘴里，糯糯的、香香里、咸咸的，里面有肉香，葱花的香甜。那是奶奶特意为你做的，你最爱吃的咸浆子，那是你和姐姐的专享食物，连在外赚钱的父亲试着去尝一口，都被奶奶瞪上一眼。

如今啊，院子里早已荒草丛生，牛棚里的牛早已被卖。也许是太老了，连院子里的那棵枣树也不再结果了，只有半边树在长绿叶，开枣花，另一半估计退休了。是啊，孩子，其实你也早已不是孩子，你的孩子也比当年的你都要大了。你说，我能不老吗？时光一去不再回，别怪我的唠叨，我是怕你忘了。但是，人终究会忘记的，毕竟人是要向前看的吧。

"轰隆隆"，是天打雷要下雨吗？我耳朵背了，听不清。

不是的，那是挖掘机的轰鸣声，是你找的施工队来了。困了，也许站得太久了，我该睡觉了。我要倒在土炕上睡，对的，就是你睡过的那个土炕。睡了，睡了。

孩子，请记得我啊！因为我的一生有你才有这么多的乐趣，我也相信你的一生有我，才有这么多的追忆！

泪，顺着干裂的黄土墙壁流了下来。不对，那是拆迁工人喷洒的防尘水。也不对，那是春季里新生的雨！

别了，我的孩子！

祖母的厨房

　　小区旁边的商场里，有一家叫"祖母的厨房"的餐厅，名字很接地气，原以为是哪个地方的家乡菜，进去以后才发现全是西餐，估计这是国外的祖母做饭的地方。

　　此时，想起了我逝去多年的祖母，她也曾有一间很好的厨房。

　　儿时在北方农村的老家，清一色的土房子。院子里的西南角靠近角门的地方，房顶有烟囱的那间，就是祖母的厨房。老家把厨房叫饭屋，做饭的屋子。十几平方米，原本黄色的土墙早被烟熏成了灰黑色。饭屋里的陈设很简单，靠墙有一个嵌入大铁锅的土灶台，挨着灶台的是个灰黑色的大风箱，坐在灶前的草墩子上，用手去拉风箱，发出"呼嗒嗒，呼嗒嗒"的叫声。靠门的墙边是个用土坯砌成的小灶，像汉字里"井"字的造型，一口分不出是黑是灰的铁炒勺整日架在上面。点燃的木柴塞进井字中间的口里，烧尽的草木灰就会落下去。就是在这个小小的饭屋里，曾经留下了多少祖母的记忆。

　　记忆里，祖母厨房里最好吃的食物就是疙瘩汤了。祖母做的疙瘩汤和别人做的不一样，祖母叫它"沽渣头子"，不似如今饭馆里的疙瘩汤，都是细小的面疙瘩。祖母做的疙瘩，如茶碗口一般大小，估计因为比较大的缘故吧，所以叫它沽渣头子。那时候，只要想吃沽渣头子了，我就会拉着祖母的衣角，晃动着小小的身子，祖母走到哪我跟到哪。就像暗号一般，什么也没说，祖母就懂了。她用满是皱纹的手点了点我的小脑壳，说："是不是想吃沽渣头子了，一会儿做给你吃。"听到祖母的话，我拿着小凳子，早早去饭屋里等了。踮着三寸金莲的祖母，端着一个搪瓷大碗从正屋里走出来，碗里有小半碗的白面粉，用另一只手盖着，怕院子里的寒风吹散了它。她踮着小脚跑回侧屋里，摘下挂在房梁上的干腊肉，在菜板上切下一个小角。从园子里的墙角处，拔了一根小葱，在板子上切碎了放进小碗里，踮着小脚又回到饭屋里。刷净铁锅，重新放到井字小灶上。祖母用火柴点燃了一把麦秸做引柴火，塞进灶膛里，又把细树枝、木柴先后塞进去。火苗把铁锅底烧得冒青烟，祖母拿一双筷子插进油腻的罐头瓶里，铲出了一些白乎乎的东西，从锅边滑进烧干的铁锅底。那乳白色的东西随着炽热的铁锅化成一缕青烟，最后现出了猪油的原形。祖母把小碗里的那一点点肉丁和葱花碎末撒进去，"滋啦啦"香味就蹦了出来。坐在一边的我站起身来凑过去看，被祖母一把拉了回来，还有一声慈爱的呵斥，"小祖宗，你想变成麻子脸吗？"肉丁一会儿就煎好了，祖母从水缸里舀了两瓢凉水进来，水面上浮着肉花、油花、葱花，用一个木盖子扣在了铁锅上。"来，咱们搅糊糊。"祖母说完，把放在大锅台上的盛面粉的搪瓷碗端起来，在上面撒了一些盐巴，用瓢从水缸里舀些许凉水倒进碗里，没过面粉，把瓢扔回水缸里。祖母蹲下身子，把碗递到我面前，让我去搅动那双筷子。面粉变成了糊糊，才开始稀薄，越搅动变得黏稠了。刚开始还轻松，后面搅起来就费劲了。祖母伸手把搪瓷碗接过去，说："好了，等着进锅了。"这时，铁锅的锅盖被水汽顶得直跳。水开了，掀开锅盖，是沸腾的气泡。祖母一手端着大碗，用筷子戳起一团稠面轻轻放进沸水里，水马上就平静了下来。一团团，沿着水花沉到锅底，半碗的面糊糊瞬间消失进水里。重新盖上盖子，祖母坐在灶前的木柴上，拉着我的手，给我讲故事，祖母的故事都是她的祖母讲给她的。灶上的锅盖又被水汽吹响了，祖母赶忙起身，把盖子揭开。刚才还黏黏的面糊，现在都变成了一团团的乳色精灵，在沸腾的水里上下翻滚、戏耍着。我急着要吃，祖母却说："别急，再煮一会儿，沽渣头子越煮越滑溜，时间越长就越好吃。"看着站在一旁迫不及待的我，祖母用手摸了摸我光秃秃的小脑袋。又过了漫长的十多分钟，终于，沽渣头子出锅了。那香滑的味道，塞进早已垂涎数滴的小嘴巴里。你想想，能不好吃吗？

　　姐姐虽比我大三岁，但是比我娇气，她不爱吃沽渣头子，她爱吃的叫烙面糊。祖母每次给我做沽渣头子时，总是把搪瓷碗里的面糊糊留下一半，等我端着小碗去大嚼沽渣头子的时候，祖母又回到饭屋里，重新点起小灶，去给姐姐烙她最喜欢吃的面糊。烙面糊和做沽渣头子的工序是完全不一样的，搪瓷碗里的面糊糊再加些水，变得稀薄一些，要加一些切碎的菜叶子进去，有时候是白菜叶，有时候是菠菜叶，没有青菜的时候，就放点萝卜丝。芫荽叶是不能放的，因为姐姐不喜欢那个味道。在铁锅里重新加上猪油，要比做沽渣头子多一倍，需要戳上两筷子。等油脂化开冒青烟的时候，祖母用炒菜的铲子，把锅底的油摊匀，再把搪瓷碗端起来，一只手仍然拿起筷子，和做沽渣头子一样挖起一团面糊轻轻送到锅底，热油"嚓"的一声，溅起一片油花。祖母很有经验，迅速把手撤了回来。第二团，第三团，一团团都下到了锅底，这时的小铁锅里就像奏起了交响乐，"滋啦啦，滋啦啦"的乐声此起彼伏。筷子变成了铲子，把煎黄的一面迅速地翻了过来，乐声马上换了不同的音调。后来，我总是怀疑祖母原来是学过音乐的，不然烙个面糊怎能奏出这么美的和声呢。祖母说，烙面糊是有技术的，火候掌握不好就做不成，翻晚了就会煳锅底，翻快了容易散架，还会假熟，盛到碗里会吃出白色的糯子，那样就白费了半碗面。中午，姐姐放学回到家里，看到我圆鼓鼓的小肚子，用手指着我质问："你是不是又偷着吃沾渣头子了？"这时候，祖母总是笑盈盈地端出一盘黄澄澄的烙面糊递了过来，姐姐本来带着怒气的小脸，马上从阴天变成了大晴天，"哈，我的烙面糊。"祖母笑着说："怎么会忘了我的大孙女呢，咱们家男女都一样。"姐姐夹起一块金黄色的烙面糊递给祖母，祖母说，"哟，大孙女疼我，我已经吃过了。刚才烙的时候，有一块蹦了出来，我捡起来吃了。"

在祖母的厨房里，还有一种美食叫作水煎包，那是姐姐做给弟弟吃的。祖母在娘家有个弟弟，也就是我的舅爷爷。祖母的娘家距离我家四五里地，每隔一段时间，舅爷爷就会来家里看望他的姐姐。两个村子挨得不远，村子里的人彼此都比较熟悉。每次舅爷爷过来之前，都会有人捎信到家里。祖母对我说，明天你舅爷爷来家里。我就会知道，明天一定会有水煎包吃了。祖母总是在前一天晚上就把面粉备好，放到瓷盆子里用布蒙上，第二天的太阳还没出来，祖母便早早起了床，从西屋的柜子上拿出一团干粉条泡在水盆里。轻轻地打开大门，提着竹篮子，踮着小脚去村头的菜地里，回来时篮子里有半篮子绿油油的韭菜。择完洗净，饭屋里传来了"叮叮当当"的剁馅声。拌完了馅子，祖母就开始揉面，擀面。这时，早上的阳光才开始照进院子里，祖母像变戏法一样，变出了一排排小灯笼一样的菜包子，包子个头不大，但是捏得精致，大小几乎一样，像用一个模子扣出来似的，一个个整齐地排列在用高粱秸秆做的托盘上，像行军中的士兵，我不时想用那双小脏手去捏那些可爱的包子，被祖母呵斥着赶了出去。祖母让我到胡同口去看看舅爷爷到了没有。我跑到大门外面，沿着胡同看了两眼就跑了回来。隔一会儿，祖母又叫我出去。折返了几次，祖母已经包了一整个托盘的菜包子。像是怕我捣乱，把一托盘包子放到了柜子的上面。祖母用系着的围裙擦了擦手，嘴里却念叨着，你舅爷爷应该快到了吧。说完，就踮着小脚走了出来，我在后面竟然跟不上她。出了大门，已经看不到她的身影。没多久，我听见了熟悉的声音。抬头时，看见祖母正牵着舅爷爷的手走进院子。就像我的姐姐拉着我一样，只是换成了两鬓斑白背都弯了的两个老人。姐姐拉着弟弟的手来到屋子里坐下来。舅爷爷从挎着的布袋里，先掏出一包水果糖，递给了我，又从袋子里掏出了一个纸包，把系着的纸绳子慢慢解开，露出了一摞粘着芝麻粒的点心，舅爷爷拿出一块，递了过去："姐姐，这是我赶集给你买的你最喜欢吃的长寿糕。软和着呢，你尝尝。"说完，点心已经递到了祖母的嘴边。祖母嘴里嚼着弟弟递过来的点心，眼睛却笑成了一条线。嘴里是甜的，心里更是甜的。祖母爱怜地看着弟弟："你等着啊，我去饭屋里煎你最喜欢吃的水煎包。一会儿就好。"舅爷爷说："我陪着你一起做。"他也站起身子，跟在姐姐的身后进了厨房。我去院子里搬来了小板凳，递给舅爷爷，他坐在厨房的墙边上，和姐姐聊着家常，看着姐姐给自己做最好吃的水煎包。仍然是在那个小灶上，炒菜的小铁锅换成了平底的煎盘。仔细看那个煎盘，原来是用来烙饼用的铁鏊子。祖母洗净后把它翻了过来用，正面成了锅底，鏊子底部朝上就是煎盘。祖母让我去角门旁挑些大个的木柴拿进来，并且说只有用硬火烧出来的水煎包才会好吃。点燃木柴的小灶膛里"噼里啪啦"的直响，红色的火焰沿着锅底的缝隙跑出来，我离得远远的，但仍然感觉到脸被火烤得发烫。鏊子底部的水分干了，祖母用小刷子在上面刷了一层豆油，把托盘里的包子一个个摆了进去，每一个下去都会发出"滋啦"的声音。落进油层里的包子，底部不断冒出小小的气泡，颜色逐渐微黄。祖母把一个瓷碗端过来，里面盛着不知什么时候早已和好的面水，沿着鏊子的边缘轻轻倒了一整圈，白色的面水把鏊子变成了池塘，一个个的小包子就像一群游泳露着头的小孩子。祖母把刚才盛着包子的高粱秆托盘拿起来，当成锅盖子盖在了鏊子上面。祖母继续在灶膛里添了柴，把木柴的顺序排好控制着火苗，不让它蹿出来把锅盖边烧着。姐弟俩继续聊着天。不一会儿的工夫，听到祖母说了一声，"好了，可以出锅了。"见她站起身子，伸手把盖子揭开，一股浓浓的香味顺着蒸汽就飘了过来。祖母用铲子铲起一个，看它的样子。上面是白嫩的珍珠团子，而在团子的底部则像是黏了一层黄金箔片。不用品尝，仅看看这水煎包晶莹剔透的样子，就忍不住口水流了一地。

在祖母的厨房里，还有各式各样的美食。不单单是小灶上的这些美食。大灶里也是应有尽有，大铁锅里熬粥，篦子上蒸馒头，锅沿上贴饼子。灶膛里，烧地瓜、烧玉米、焖花生。柴火堆前面坐着祖母，她一只手拉着"呼嗒嗒"叫的风箱，一只手向灶膛里添着柴火，窜出的火苗把祖母的脸庞照得安然慈祥。

如今，我在繁华的都市里。坐在同样叫作"祖母的厨房"的餐厅里，大理石桌面上铺着洁白的桌布，面前是一个精致的瓷盘子，一对闪闪发光的刀叉躺在两侧。我拿起服务员递过来的精美菜单，从前翻到后，又从后翻到前，一个也没有我的祖母厨房里那些熟悉的名字。

我冲着站在身边的年轻姑娘，摊了摊双手，耸了耸肩膀，站起身子，走了。

怀念老友古丽

　　傍晚，在小区公园里散步，不远处的石凳旁蹲坐着一只大狗，金色的毛发，两只耳朵垂在脸颊两边，默默注视着远方，像个绅士一般。他转头看到我的一刹那，突然眼神就变得温顺起来，耳朵顺到了脑袋的后面，黑色的鼻子抬得很高，尾巴直摇。蓦然之间，脑中闪现一个熟悉的影子，这不是我家的古丽吗？

　　是的，古丽是条狗，是我小时候养的一条土狗，还是公的。

　　那年我九岁，古丽出生才一个月，他是我们村书记家的狗生的，他还有一个同胞的姐姐，是同时被我家邻居抱走的。那时候的农村人为了看家护院，是家家养狗的，没有人给他们起名字，最多叫一声我家狗子之类的称呼。古丽的名字现在听起来很洋气，好似国外品种一般，实际上这个名字却不是刻意给他起的。别人家的狗子被主人召唤的时候，多用通用的类似"蛐蛐蛐"的发音，而我唤他则是"过来，过来"，我们老家话的"过来"发音类似"咕嘞，咕嘞"，时间长了，他听到类似的声音就以为是叫他的名字，无论谁叫"咕嘞"他都会屁颠颠地追了过去，后来，就叫他"古丽"了。

在那个没有玩具的时代，小狗小猫便是儿童最好的玩具。吃喝睡玩，几乎形影不离，你走到哪，他便跟到哪，你和小伙伴去捉迷藏，他却最先找到你，把你出卖掉，当你气愤不已时，他却乐得又蹦又跳；尤其是在你吃饭的时候，他总是可怜巴巴地蹲在你的旁边，两只眼睛水汪汪、直勾勾地盯着你的饭碗，嘴里还不时发出"嗯嗯"的叫声，令你动容，筷子夹的那块肉，在不知不觉中就送到他的嘴里，惹来了父母的责骂，他却蹲在一旁，边吧唧嘴巴，摇着那条不知停息的尾巴，眼睛还不时瞄着我的父母。睡觉时，他比我上炕时间早得多，全身蜷起来像个肉乎乎的小毛球，用我的脸去蹭那坨毛球时，他哼哼的叫声，显得特别不耐烦，仿佛是侵占了他的被窝，而到了清晨的时候，他却早早地醒来，不管你是酣然梦中，还是睡意正浓，全然不顾地钻进你的被窝里，爬到你的身上，用他那毛毛的小狗头去拱，臭烘烘的舌头到处去舔，直到你把他拖出来顺手一扔，他的号叫声让你睡意全无。

古丽和我一起吃饭一起玩耍，他成长的速度却要比我快得多，眼见就从小狗变成了一只大狗。样子在外人看来也变得凶了起来，家里来个陌生人，狂吠一番还能让人理解，胡同里过一辆马车，他都要咆哮着去追赶，就有些过分了，让小商小贩从此绕过我们胡同而去。于是，我找来了绳套和铁链子，刚开始的时候，他以为我是闹着玩，主动伸出大脑袋，向那绳套里钻，还得意地冲我直晃，"咋样，真好玩，像项链，好看吧？"绳套拴上了铁链子，铁链子绑在了院子的枣树上，看到我在身旁，仍然不以为意，向前扑一下，铁链子哗哗的响声，觉得很好玩。

当我转身走回到屋里的时候，他发觉不对劲了，那绳套原来是个圈套，让他无法追随，便开始号叫，开始恼怒，去撕咬绳套，够不着，着急地转圈，铁链子却缠到了身上，这时他变得怒不可遏，甚至恼羞成怒了。我走出来，幸灾乐祸地笑："谁让你到处撒野呢，自作自受！"显然他没听懂我的话，哼叫着，求我解套。哪有这么便宜的事，现在放开肯定不会长记性，先拴几天再说。

个性的他岂肯轻易就范，不停地把身子竖起，把铁链拉直，摇晃着身子要把铁链拽断，几十分钟也不停歇。铁链没断，却把邻居吵烦，隔着土墙丢过来一句话，"能否让你家狗闭嘴！"我从牛棚里找来鞭子，那鞭子是用来赶牛车用的，细竹子拧成麻花杆，杆上拴一塑料绳，绳头系着一尺长的羊皮做的梢儿，那梢子抽过去，即便是皮厚的大黑牛都会哀叫。我拿着鞭子走到古丽面前，用鞭子指着他："你若再叫唤，小心挨鞭子！"他似乎听懂了一般，小眼睛斜着紧盯着我手里的鞭子，又抬头看看我的表情，最后悻悻地趴在了枣树边上。看他安静下来，转身把鞭子送回到牛棚里，却听到了铁链子哗啦哗啦的声音又响起，出来看时，只看到枣树上拴着的半截铁链，古丽这家伙却不见了身影，这家伙成功了！就在大门外的不远处，你追他，他就跑一段，你向回走，他就跟一段，保持着距离，抗衡到天黑。从此，没有绳链，他也不再在胡同里追赶陌生人。

小学三年级，跟随父亲转学到邻村三公里外上学，一周回家一到两次，每次离别都恋恋不舍。背着书包的我，和摇摇晃晃的古丽，村头的小桥就成了分别的驿站，过了小桥是一片长满高粱的庄稼地，我怕他迷路，他怕我走失。每次古丽都不情愿，被我用土块、小石块驱赶转身，打在身上也不恼恨，远远地看着我离去，直到看不见影子。也有多次，当我走了好远后，无意中回过头来，他却从高粱地里冒出来，于是，高粱秆就变成了棍棒，他夹着尾巴向回跑，边跑还边回头。每到周末的时候，学校放学回家，那三公里的路程变得好遥远，边走边跑顾不上欣赏两边的秋色，终于到了村头的小桥旁。我把手指放到嘴巴里面，用尽力气鼓起嘴巴，"吁"的一声响亮的口哨，只一会儿的时间，从远远的乡间土路上，冒出一股白白的尘烟，一路驰骋而来的古丽，像一匹骏马，带着热烈的思念，直奔过来，迎头扑上，整个四肢都离开地面，把你紧紧地抱住，我小小的身躯直接就被摁倒在地，任凭他那火热的大舌头疯狂地亲舔着，在拍打推搡中，满脸浑身都沾满了他的哈喇子。

临近小学毕业时，我得了一场大病，县城看不好就去了省城，持续了三个月的时间。时间好漫长，在省城住院期间，看不到我的古丽，心情也特别的不好，常常问我妈古丽的状况，我妈告诉我，古丽也不好，经常趴在村头的小桥上，唤他回家也不回来，饿得皮包骨，让人看了心疼。病好出院回到村里的那一天，我第一件事就是吹口哨，呼唤我的古丽，可是直到把嘴吹得很疼，也没见到那个驰骋的身影，当时我真的很伤心，觉得他忘了我。胡同里的邻居家爷爷告诉我，我刚去医院的那段时间，我家的古丽白天去村头的小桥趴着，晚上不回家，一直在胡同口趴着，不时起身在胡同里走来走去。每次看到背书包的学生路过时，都会摇着尾巴追上去，然后耷拉着头失望地走回来，嘴里不停地发出"嗯嗯"的声音，后来就看不到他了。

回到学校上学，课本已变得索然无味，我在练习本上画了许多古丽的样子，可是越画越不像，练习本撕了一本又一本，爸爸骂我是疯了，同学们都以为我得病后脾气变古怪了，甚至有人说我精神有问题了，我不以为意，拼命地去画我的古丽，生怕把他从我的记忆中也丢失了。一个周末的傍晚，我跟随爸爸在学校的食堂吃饭，传达室的大爷端着他的饭盒在给吃饭的老师讲了一个事情，他说：前段时间，有一只流浪狗经常到学校门口来，他还把他的前腿搭在学校的铁门上，从铁栅栏里向里瞄着，隔几天就会来一次，好生奇怪。后来，大爷就用棍子驱赶他，用石块打他，赶他离开学校门口。

"那是我家的古丽！"我站起来就冲到了传达室的老头面前"那是我家的狗，你把他撵哪里去了？还我的古丽！"传达室的大爷和吃饭的老师都惊坐在那里，看到因愤怒而颤抖的那个小小的我，一时竟不知所措，过来摸着我的头说："是你家的狗啊，那只狗是来找你的啊，可惜了，可惜了。"我爸抓紧去问他：那只狗最后去了哪里？大爷回答说，当时我一看就知是一只邻村的狗，有一次我赶跑他以后，就看到学校附近村子里的狗都在追赶他，听说那只狗很勇猛，把村里的两只狗都咬伤了，其中一只是村里打兔子的猎户家的狗，后来又听说，那只狗又来学校了，猎户看到了他，回家去拿了猎枪……

那天，我哭了一晚上，在一本本的练习簿上画了撕，撕了又画。

如今，数十年过去了，回想起来，古丽却依然历历在目，那个眼神，那调皮的表情仿佛就在昨日，我不知道他终究去了哪里，但是我知道，他始终在我的心里。谢谢你，古丽，在我生命里你曾经的陪伴。

过年的味道

　　每到春节过后，许多人都在感叹，年味变淡，节日过得越来越没意思了。年味变淡意味着过去很浓。80后出生的人很难有比较，年纪长一些的人都有这种亲身体验，过年的感觉确实大不如前。然而，细细想来，即使用原来同样的方式过年，就会有原来的感觉吗。我想，或许年味会浓一些，但是那时的感觉未必就能回得来。

　　在一个连吃饱饭都奢求的年代，两块水果糖，一尺红头绳都会让孩子们快乐好几天。去亲戚家吃顿饺子，吃一大碗白菜炖猪头肉，喝半斤高粱酒，一年都会心满意足。而如今，倘若给你这些，你还会兴奋吗？在物资匮乏的时代，人们的满足感很容易获得。旧时候，即使全家一整年食不果腹，衣不蔽体，过年的时候也要竭力让孩子吃好一些，穿好一些，富人家张灯结彩，穷人家没钱也要去集市上扯上二尺红头绳，回家给女孩们扎头发。因为过年的时候，老天爷在看，逝去的先人在看，亲戚朋友、左邻右舍都在看，连厨房里的灶王爷都要到天上去汇报，若是不认真过年，明年的日子也一定不好过。若是实在没有钱，就像山东吕剧《借年》里的王汉喜一样，硬着头皮到岳父家里去借，也要把年过好。用借来的钱去燃香、烧纸钱、摆贡品，按照老规矩去三拜九叩，真心地祈愿上天和祖宗的保佑，四季平安，风调雨顺，来年有个好收成。而如今，还有人会去做吗，还如此虔诚吗？

中央电视台的春节联欢晚会上演了多年，即使导演们绞尽脑汁，也越来越没有意思，舞台、灯光、演技不知比过去强多少倍，却无法如过年一般找到旧时的感觉。现如今，我们的生活如天天在过年，我们天天在电视里看春晚，导演再好的水平，也不会带给我更多的惊喜。而远观西方的圣诞节，却有了越来越浓郁的味道，圣诞节不就是外国人的春节吗？是的，它和中国的过年一样，也流传了千年，放假，聚会狂欢，吃火鸡，给孩子送礼物，何其相似，仪式简单重复数年，却依然经久不衰，又何其差异。

现在的时代，信息发达与物质的富有，让我们看清了发展的主要矛盾。《人民日报》也发表了《物质幸福时代已经结束，新时代来临》的评论文章，内容指出，在一个万物俱备、什么都不缺的年代，占有物质很难再刺激我们的感官，让我们获得长久的满足。在新的时代，比起金钱和物质，更重要的是精神层面的充实感。既然提到了精神文化，不妨从我们"过年"的传统文化回归做起。

历经磨难的过年，依然传承并遗留下了优秀的文化传统。"再忙，都要回家过年"，无论火车票如何一票难求，无论道路是否拥挤，过年依然是游子最大的心愿。拜年，"过年好"的祝福，是孝的传承，一家人围在一起包饺子就是天伦之乐，过年围在老人身边，这就是最大的孝道。走亲戚访朋友，树高千尺也不忘根。在人挤人的庙会里，开心地用嘴去咬冰糖葫芦，看"踩高跷"，扭"鼓子秧歌"，鞭炮声声，春联红红，张灯结彩，欢声笑语这才是过年的感觉。

如今，我们惊喜地看到，为了传承传统文化，研究年文化，政府引导，群众参与的模式逐年开展，并取得了一定成效。从我老家的县来看，过年的大鼓被抬到了村头，踩高跷的队伍在扩大，跳广场舞的爷爷奶奶们也统一了节日盛装，那著名的"仁风鼓子秧歌"早已登上了春晚的舞台，仪式感是文化传承的表现，认同感是文化传承的根。坚持不懈，才能把传统迎回来。

年味渐浓，也不再是奢求。

那时的年

因为疫情的原因，今年春节没有回家，这是四十多年以来，第一次没和爸妈一起过年。现在通信发达，和父母几乎天天都能视频见面。用妈的话讲，如今吃的穿的用的，就像天天过年一样。

现在过春节，没有鞭炮，没有祭祀，没有仪式，甚至不需要准备，只是一家人聚在一起，看着春晚吃顿饭而已。没了这些忙碌，也就没有了年的味道。小时候在山东的农村过年，那些规矩和仪式成了一种美好回忆，现在想起来，依然历历在目。

那时候，刚进腊月门，就能听到村子里稀稀拉拉的鞭炮声。耐不住性子的人家早早在集市上买了鞭炮，隔三岔五点响几个，提醒着整个村子，年就要到了。虽然距离过年还有一个月的时间，家家早已开始谈论如何过节的事情了。亲戚多的人家，筹划着准备过年的食材。过了腊八节，择个有人帮手的日子，把养了一年的大肥猪从圈里拉出来，在它还不明就里地撒欢中，被一群人摁到案板上，瞬间就成了白花花的猪肉膘子。前腿和后腿的肉膘子，还有排骨、脊梁骨上的五花肉是要拿到集市上去卖钱的，拿着卖肉钱再去买烟酒和过年的烧纸香火。家里只留下了一块方形肘子做供品，还有猪头、心肝肺等的下货，这是过年招待亲戚的酒肴。

真正一天天开始忙碌起来，是从腊月二十三小年开始的，每一天都被安排了满登登的工作。俗语说得好：腊月二十三，糖瓜粘；腊月二十四，扫房子；腊月二十五，磨豆腐；腊月二十六，割猪肉；腊月二十七，宰公鸡；腊月二十八，把面发；腊月二十九，蒸馒头；三十晚上熬一宿。年前这七八天，连村里最懒的人也变得勤快了。

大年三十这一天，才是真正过年。院子干净了，对联贴上了，水缸里的水挑得满满，年货堆满了一屋子。前几天所有的准备都是为了这一天。一切都准备停当，过年的大幕才算徐徐拉开。

年三十的上午是忙活贡品的时间。整条的大鲤鱼被涂上面糊，弯曲着放进油锅里炸得焦黄，颜色鲜艳，样子灵动还有造型；肉肘子是方方的一大块，在大锅的笼屉上蒸八分熟，上面的肉皮黄得透亮，下面是如雪的白肉，发红的瘦肉紧挨着白肉，红黄白层次分明；藕盒、豆腐、丸子也要进油锅，黄澄澄地装上一大碗，远远看去金光闪闪；还有一些叫不上名字的菜肴，蓝的、绿的、紫的都被盛在一个个的大碗里，五彩缤纷的色彩，十分好看诱人。等这些供品做好了，却不着急端上桌，而是把它们放到了偏房的冷屋子里。或许是怕孩子偷吃，偏房的屋门落了锁。忙完了这些，吃中午饭的时间也到了。在鲁北地区，年三十的中午饭并不太讲究，按照以往的习惯，大锅里炖白菜和豆腐做的汤，每人盛一大碗，再来一个大馒头，吃得饱饱的。估计是取其谐音"百财兜福有盼头"的意思吧。吃过午饭后，收拾好碗筷。搬一个木梯进来，把墙壁中间挂的中堂取下来，卷好放到一旁。郑重地从箱子里搬出一卷厚厚的牛皮纸，拂去上面的尘土，轻轻展开，然后小心地爬上梯子，把牛皮纸卷挂在墙的正中央，垂下来，下面再用白线固定好。这个已经泛黄的大中堂挂卷，家里人称它为"轴子"，那是代代续写下来的家谱。轴子最顶处的中间位置写着始祖茂三个大字，下面是一代一代已逝先人的名字，被誊写在上面的男人是有名有字，女人则是简单的某某氏。按照辈分，一排排誊写，最下面的一排是最近几年逝去的亲人，挂好轴子，在正中的搁几板上立一个木制牌位，牌位上面书写着"某某氏宗亲之神位"的字样。牌位前面再摆一个香炉，香炉里盛满了各色的五谷杂粮。

八仙桌被擦洗得干干净净，椅子板凳摆放整齐。把锁在偏房里的那些鱼肉供品端了进来，错落有致地摆放在八仙桌上，又把一些新鲜的香菜叶撒在供品上。最前面摆茶壶、茶碗、酒壶、酒杯，再把新买的漆红筷子找出来，一双双摆放整齐。这些忙碌和准备，是按照最高礼节，迎接最尊贵的宾客到来。

临近傍晚的时候，太阳落了西山。大人拿着一摞烧纸和几炷香就出门了，小孩觉得好奇，就偷偷地跟在了后面。邻居家也几乎是同时出的大门，在大街上碰到了，问候一声："也是去请祖先回家的吧？"彼此拱拱手，各自去村外自家的祖坟地里。跪在祖坟前，点燃手里的烧纸，再把松香点着，朝着各位先人的坟头举三举，念念有词地说："过年了，各位爷爷奶奶，老爷爷老奶奶回家去过年了。"然后起身，拿着点燃的松香，沿着原路向回走。小孩子在一旁蹦蹦跳跳地叫喊，被大人回头瞪了一眼，便不再作声，孩子们懂事地放慢脚步，也像大人一般一脸严肃地跟在后面回到院子里。回到正屋里，冲着中间的牌位举了三次，把香插到盛满杂粮的香炉里。这样算是把所有的祖先们都领回了家。

天完全暗了下来，屋子里点上了蜡烛，天井里的晾条上挂上了带有玻璃罩的马蹄灯。

大人从草屋里拎出一捆早已准备好的麦秸，来到大门外的街道上。整捆的麦秸秆竖立在路中央，用火柴从下面点燃。柔软而干燥的麦秸秆遇到火苗立马就燃烧了起来，火光冲天，照亮了整条街道。孩子们围拢过来，欢快地蹦跳着，伸出手去烤火，火苗照亮了每个人的脸蛋，暖暖的，亮亮的。大人们说，这是"照厅"，烤走一年的霉运。

灶房里的炊烟冒了出来，炉膛里的柴火在"噼里啪啦"地向外蹦着火星，水饺在大锅里翻滚着。一会儿的工夫，柳编的笊篱伸进大锅里，把煮熟的饺子捞了出来，盛进一个个的搪瓷碗里，大人端起来向外走，孩子们兴奋地跟上来，伸手去接水饺，被轻轻地训斥："这是给祖先吃的，你们要等等才能吃。"孩子们不敢多说话，闭着嘴到一边去玩了。水饺摆在桌子上，大人拿来一个蒲团放到地上，双膝跪在上面，用火柴点燃烧纸，青烟袅袅，烧纸在注视中一张张燃尽。大人开始磕头祭拜。祭拜完后，从桌子上端起一碗水饺，用筷子拨出一两个落进烧纸的灰烬里。这样的仪式，就算是祖先们来家里吃了第一顿晚餐。

没电的日子，夜晚漫长。而年三十的夜晚，屋子里会点两根蜡烛，照得房间里亮堂堂的，香炉里的香不间断地冒着青烟。

崭新的衣服方方正正的，就摆在炕头上，大人说只有半夜起来后才能穿。一个个小脑袋从被窝里伸出头，双手趴在炕沿上，看家人包水饺。忍不住小声地问："半夜几点起来啊？"大人回答说："你们抓紧睡，早上会叫醒你们。穿新衣服，放炮仗。吃水饺，里面有钱，谁吃到谁有福。""好嘞，记得叫醒我们啊！"小脑袋缩进被窝里，抬头看了看那个摆在供品中间的牌位，感觉也没那么可怕了。于是放心地闭上眼睛，一会儿就进入了梦乡。

大人还在忙碌着，包好的水饺摆了一圈又一圈，香炉里的香燃尽了再续上，院子里的马蹄灯也始终亮着。夜空中那些闪烁的星星俯瞰着世间的这一切，村子里家家户户的院子里都有一盏马蹄灯，与天上的星星呼应着，此时，天上与人间是相通的。

夜，似乎跟着孩子们睡着了，一片安静。天上，银河里的星星似乎也困了，不再眨眼睛。

"砰！砰！砰！"清脆的炮仗声响了。不知谁家第一个打破了深夜的宁静。随后此起彼伏，远远近近的响声开始不绝于耳，天空中不时还有烟花在绽放，黑暗的夜里就开始热闹起来。

被窝里熟睡的孩子被推醒时，嘴里还打着哈欠，大人趴在孩子耳朵上悄悄地说："起来过年啦，穿上新衣服，点咱家的爆仗。"孩子揉着眼睛不情愿地钻出被窝，一阵寒气袭来，鼻子发痒，张大了嘴巴刚要打喷嚏，却被大人用手一把捂住，憋了回去。这时，孩子才想起昨晚临睡前的嘱咐："早上醒了千万别打喷嚏，否则福气打没了。"又使劲地揉了揉鼻子，立马精神了。

等孩子穿上新衣服起来的时候，饺子已经端到了桌子上。院子里的马蹄灯依然亮着，院子里不知什么时候也摆上了桌子，冒着热气的饺子放在上面，那是用来祭祀天地的。一挂长长的鞭炮挂在院子里的枣树枝上，垂在半空里荡来荡去。仔细看那挂长鞭，每一个都有拇指肚一样粗，像一排排的小钢炮，那是今年买的最贵、最大、最响的爆仗。孩子们已经从炕上下来，挤在屋门口不敢出来，大人拿着火柴走出屋子，回头用手冲孩子们挥了一下。孩子们知道这是要放鞭炮啦，举起小手捂住自己的耳朵。大人点燃后，迅速地跑回屋里。鞭炮的引信开始"滋滋"地冒起了火花，随后便是一道道白光和惊天的响雷声，爆仗炸一个，地板就震一下，门上的玻璃也被震得直响。大人们说，谁家过年的爆仗最响，谁家的日子就最红火。

接下来是烧纸、磕头，敬天敬地敬祖先，先让天地、祖先们吃饺子，这是全村的规矩。要等一切仪式举行完后，才能轮到孩子们吃饺子。过年的饺子是白菜豆腐馅，意味着家有百财能兜福。还把几个硬币包在饺子馅里，谁吃到硬币谁最有福气。为了吃到有福气的饺子，孩子们争抢着多吃了好几个，吃到后闭着嘴直蹦高。

等到吃完饺子，下一个更隆重的仪式是拜大年。长辈被安排在正座的椅子上，晚辈双膝下跪，嘴里喊着："爹娘，孩子给您拜年啦！"小孩子要给爷爷奶奶，爸爸妈妈挨个磕头。当看到一个个稚嫩的小脑袋趴在地上，学着大人有模有样地磕头，把大家都逗乐了。此时的老人们脸上露出了幸福的笑容，赶忙把早早准备好的红包拿出来，一个个递给他们，孩子们的脸上也乐开了花。

远处近处仍然是鞭炮的轰鸣声，在家家满是欢快的笑语中，天渐渐亮了。大年夜，就这样隆重地过去了。

每想起这些，就开始怀念那些逝去的岁月了。如今，城里早已听不到鞭炮的声音，拜年也仅剩下电话里的祝福了。年三十晚上，我给远在外地的父母视频拜年，并且说："明年，回老家去过春节，那样才算是真正地过年！"他们痛快地答应了，言语里充满了期盼。

勿忘师恩

周五傍晚，手机铃响，话筒里传来老家同学阿亮洪亮的乡音："周末回来吧！喝一壶！"听语气不是商量，是命令。"不回，上周刚回了。"我拒绝了，虽然我这位拥有数千万资产的同学魅力十足，但依然无法抵消我数百公里往返的疲劳感。"周六，我把初中的班主任张老师请过来，和大家一起聚聚，你最好回来。"阿亮那边的声音变得十分正经。"能回来，就尽量回来！"他又特别叮嘱了一声，挂掉了电话。

一些学习一般，其他方面表现也普通的学生，不但老师不关注你，同学们也不会在意你。一般情况，老师总是把注意力放在学习好，出类拔萃的好学生身上。或许那些调皮捣蛋、惹是生非的坏学生，也容易让老师操心，所以也能让人记得住。另外，在我的眼中，老师每几年都会送走一批学生，迎来一批新生，二三十年的光景，桃李早已满天下，老师再好的记忆也不会把多少人留在脑海里，更何况一些普普通通的学生。当然，对于阿亮这类一直学习好，混得好的同学，老师同学都能记住，也是理所应当，我们理解。（所以他请客也是理所应当，哈哈）

记忆回到三十年前，在县办三中上初二那年，暑假结束刚刚开学，迎来了我们的新班主任，高高的个子，黝黑且稚嫩的面孔却带着一脸的严肃，深邃的眼神里透着历史老师特有的气质。可惜那时的我，本来智力就不超群，又得了个神经性鼻窦炎，隔三岔五就头疼，经常上课请假，学习成绩糟得没人在意，初二上完便休学回家。一年后身体好转，又回到学校重上初二，我过去的同学们连同班主任张老师在初三，全力准备中考冲刺。初二与初三的教室隔得很远，较少见面，只是在校园的篮球场上，偶尔见到张老师，篮球砸在篮板上的声音很响，那时的他很年轻，二十三四的年纪，只比我们大八九岁的样子。

寒窗苦读十几年，经历了多位老师，同学聚会的时候也都会念起自己的老师，想起对自己的恩情。而一些如我之人则遗憾学生时代的普通，虽然没有忘记上学期间的每一位老师，但恐怕没有几位老师能记得起，更何况一个跟他只有不到一年的学生。或许每个人学生时代都有对老师崇敬的心愿吧，周末恰巧没事，高铁把城市的距离又拉近了许多，北京和济南不到两个小时，我准备借机回去见见张老师，心想，即使他不记得我这个学生，毕竟学生的心里有他，当然，这个学生还代表了一群上学不出众，不调皮捣蛋的学生。

阿亮同学把请客地点选在了山清水秀的千佛山脚下，到达酒店的时候，同学们已经坐了一桌，因为经常见面聚会，大家见了自是打荤唠嗑，笑语不断，为了谁坐在主陪副陪的位置争论不休。忽然，站在窗子边上的一位女同学喊了一声："张老师来了！"大家如听见上课铃声一般，立刻静了下来，齐刷刷地从座位上站了起来，仿佛回到了上学期间等候老师进入教室的情景。

张老师身着藏青色的裤褂，黑色皮鞋布满尘土，那张黝黑的面孔上带着一成不变的微笑，风尘仆仆的样子一点都看不出五十四岁的年纪。

"张老师好！""张老师好！"

"道宝，变胖了啊！"

"小兵，头发白了不少啊！"

"阿亮，精神不错嘛，比原来高了一大截子。"

"小英子，还是那么精神！"

……

竟然一个名字也叫不错，阿亮悄悄跟我说，事先张老师并不知道哪些同学参加今天的聚会。饭后我们才知道，教历史的张老师，记忆力就是好，我们就似那埋在泥土里的盆盆罐罐，在张老师眼中个个都是宝。

推杯换盏之间，老师与学生一起回忆起三十年前的趣事，欢声笑语中向张老师频频举杯。一件件往事，张老师如数家珍般地道出来，令在座的每一位动容不禁。张老师是县里的高考状元，当年全县的八大才子之一。我们那一届是张老师大学毕业后做班主任带的第一届学生。当时生活艰苦，初中的孩子也住校，吃喝拉撒睡都在学校里，班主任既是老师，又是临时父母，学习生活都要照顾，现在看来二十三四岁的张老师那时候也是个大孩子，处事尚不成熟，但是在我们眼里早把他当作了家长。今天为了一桶粥与邻班吵架，明天为了抢占操场与上一级同学动手，关键时刻都要请张老师出山搞平。年轻气盛且血气方刚的张老师为此得罪了不少人，但是正直负责的名声却在学校内广为人知。

往事可以回首，随着大伙的酒劲越谈兴致越高，过去伤感的事情也早已变成美好的往事。在与张老师的交谈中，一件件发生在我们身上，却不被我们所知的事情，带着温情和感动流淌出来。为了一名因为填错档案而影响前程的同学，张老师坐公交数小时夜奔百公里外的城市，自己花钱寻找关系去更改学生的失误，从而让他实现了自己的愿望。为了一个家境贫寒面临失学的学生，张老师骑自行车多次去家访做工作，自己从微薄的工资中拿出去补贴贫困的学生。还有许多，许多……自己的老家距离学校只有三四公里，张老师却吃住都在学校，从早到晚一直和学生们在一起，无微不至而又尽心尽力，早已超过了他年纪应有的成熟，甚至数周过家门而不入。

张老师说得很随意，在他看来，似乎都是应该的，对听众来说，却早已泪眼婆娑，老师做的一件小事，对农村长大的学生来说，也许就改变了一个人的人生，甚至改变了一个家族的命运。眼前的张老师在我们的眼中不禁又高大了许多。农村长大的张老师，家境贫寒但意志坚强，当年以全县第一的文科状元跳出了农门，在大学期间成绩优异，有许多机会留在城里，但他并没有留恋大城市的繁华，也没有像其他人一样离弃务农的未婚妻，而是毅然回到家乡做一名乡村教员，其中饱含了回家乡报恩的情怀，也是一个学子个人情操的体现。

张老师说:"每一个学生都是我的孩子，父母不会因为自己孩子的学习好与坏，听话不听话而分出对谁爱得更多，做老师的也不会这样做。"张老师说，"一日为师终身为父"这句话，是教育学生要像尊重父母一样尊重老师，同样这句话也是时时刻刻的提醒，是老师对学生的一种责任。

这次见面，改变了我狭隘的思想，张老师是多数老师的代表，并非老师只偏爱那些学习好，甚至调皮捣蛋的学生，而是每一个学生都是老师的孩子，都是他们的挚爱。有个词叫"恩师难忘"，每一位老师都有恩于学生，这种恩情将影响我们的一生，所有人都应做到"勿忘师恩"才对。

第六辑

记·闲情

———————————

生活中多一些闲情逸致，是蛮开心的。信马由缰，随意驰骋，优哉游哉。不需要做出多大事业，不需要太多目的，随着自己的性子向前走。把听到的，看到的，想到的，记下来。自己品味，也分享给他人。

送你一枝莲

七夕节，街上尽是玫瑰。

行千里，赏百花，我却独喜莲。如周敦颐爱莲所说，出泥不染，濯涟不妖，亭亭玉立，香远益清。

识莲已久。儿时的村里河湾，夏秋满池皆翠，鱼翔蛙鸣。童之乐游弋其中，摘一叶盖顶，遮阳避雨。折一粉嫩骨朵，插入瓶中，伏桌注视，静待花开。偷折一莲蓬，塞衣掩蔽。寻无人处，剥皮掠籽，大快朵颐。

后喜景色，方始赏莲。百花丛中，争奇斗艳。唯莲不争，静寂一侧，默观众媚。鹤立鸡群，素雅清新。叶生于水，而不与水争翠。连成一片，窃窃私语，母子交融。襁褓女儿，亭亭玉立，出水芙蓉，便是万千宠爱。青色衣裙褪下，含苞羞涩，粉嫩可人。绿茵柔抱，鱼蝶恋舞，夏日映青春。推开青纱帐，始露骄人躯，引得数人逐。晨早滴清露，正午浓颜妆，日落伴夕阳，月色淡微凉。秋风清雨后，花落褪霓裳，肉身随之化盏黄。始为毛头愣小郎，流苏遮面女儿妆。天凉叶微黄，小伙快成长。莲头日渐增，籽粒颗颗向暖阳。青翠满池花有光，人影岸边笑想闻，相机闪耀咔咔忙。

如今懂了莲。少年喜其素净清纯，还有可口美味。青年爱其光影下的婀娜，秋色下的摇曳，壮年爱慕其卓尔不凡的优雅，独来独往的洒脱。如今，斜坐摇椅上，静静注视她。悟得了，不蔓不枝，出淤泥不染是一种性格，那是根植在骨子里的高傲，不卑不亢，不屈不挠，这是人生态度。莲，不媚，不娇，不屈，不凡。近朱不赤，近墨不黑。污泥就在脚下，浑水绕身，岿然不动，无畏人言。做人当学莲，做一叶开明荷，做一杆不屈蓬，做一枝个性莲。

捡一枝带秆的莲蓬，倒挂在墙壁一侧。看着她慢慢老去。仅数十天，青葱变微黄，微黄变银灰，银灰变暗黑。取下来，依然亭亭玉立，像一尊精刻的雕塑。放在花瓶里，屋子里顿时变得高雅。这是莲的魅力，即使离开，流芳百世。

三生有幸，有莲为伴。莲不嫌我贫，不屑我俗，不厌我浊。游目驰骋，望莲生喜，暖我心，涤我意，映我短，励我行。岁月如梭，草木之秋。有莲为伴，足矣。

七夕节，送你一枝七夕莲。

星空里的爱情

摇摇晃晃的女诗人余秀华，像她的诗歌一样，总是要做出些惊世骇俗的事情。对待爱情，她要穿过大半个中国去睡你，要去后山里大干一场，一起把春天的花朵全都羞掉。在抖音里，余秀华高调牵手养蜂人，非常清醒而理性地走进自己吹起的爱情泡沫里，享受和蜜一样的生活。然而，泡沫很快被数百个巴掌扇破，稀里糊涂、摇摇晃晃地又回到了人间。

高晓松对妻子夕又米说，我不爱你了，因为和你在一起不快乐，不自由，没空间。说完拖着行李就走了。夕又米想要他的才华，却给不了高晓松想要的爱情。

长亭外，古道边，李叔同站在迷雾里湖心的小木船上，对着曾经深爱的日本妻子说，爱就是慈悲。从此，水是水，岸是岸，两相永不见。

对于名人来说，爱情是纸上的一页，翻过去，这个世界和我无关，我只和我的爱情有关。

有朋友困惑，历经千难万险才走到一起的爱人，曾经山盟海誓、死去活来的挚爱，中途偏偏要易道改辙，为何总是不能牵手到老。本来爱情就是不靠谱的，若是有一种保险，能够保鲜爱情，估计会卖得一塌糊涂。可是，这种保险真的没有。

其实，爱情是一种奋不顾身的奔赴。门当户对，郎才女貌是对婚姻的配置，不是爱情。一见倾心，怦然心动，不管不顾，飞蛾扑火才是爱情。

爱情是艺术品，长期持有而不变色是奢望。爱情是橄榄枝，最有智慧的人，彼此知道爱情的真相，才配得上爱情。最原始的人，真简单的人，不明白爱情是什么东西，彼此喜欢彼此珍惜，配得上爱情。我们多数人是俗人，一瓶子不满半瓶子晃荡，自以为了解爱情，其实一知半解，这种人最可怜，不配拥有爱情。

在爱情里，揣着明白装糊涂的人，最幸福。揣着糊涂装明白的人，最纠结。因为明白的人根本不纠结，纠结的人是装明白的，装着装着自己竟然信了。

毕竟这个世界上有智慧的人是少数，所以爱情美满的并不多。环顾四周，哪个不是鸡飞狗跳，一地鸡毛。让你做个原始的人，却又不肯，既不屑，还不想做，其实也做不到。做个俗人又不甘，所以折腾就成了一生的主旋律。痛并快乐着，不知不觉中大半生就过完了。

人其实挺可悲的，就是个躯壳，体内由数亿个菌群组成，所有的机体循环都是由它们在自由地组合。你所有的活动，又被基因所驱动，你的喜欢和欲望，不过是基因为了让它自己向下传承，给你的躯干和菌群下的命令而已。你无法主宰你的命运，包括你的爱情。是因为欲望在控制着你。所以，你以为的并非你以为的。

激情会消退，热烈会平淡，任何事情加上时间变量都会改变。你若是俗人，和谁在一起都一样，不相信的话，你就试试，因为这些经验前人就告诉了我们。只是你总是认为自己不是俗人。人们都认为爱情和人体内的多巴胺物质有关，多巴胺影响着情欲、愉悦、开心，多巴胺在亢奋刺激的状态下才容易获得。而持续亢奋和刺激是很难保持的，多巴胺的分泌能力就会随着时间的推进会逐渐递减，因而激情就会消退，爱情逐渐会平淡，仅靠分泌多巴胺是不可逆的必然。而人体的另一种物质却经常被忽视，那便是内啡肽。内啡肽是类似一种镇静剂，可以减少疼痛和痛苦，帮助我们拥有成就感，令内心沉静。内啡肽可以让我们认识自我，理性对待一切。包括爱情，不仅仅需要多巴胺的热烈，更需要内啡肽带来的持久和理性。年少只知多巴胺，中年方懂内啡肽。少追逐多巴胺，多做些分泌内啡肽的事情，可能有助于你的生活，也有助于你理解爱情。

朋友问，能否让浪子回头。把浪子当成是个俗人，回了头就是智慧的人。浪子若是感觉自己不是俗人，就别劝了。很多时候，区别俗人和非俗人的区别，看看其是否仍然注重名利就可。若是他为了名利，还在纠结，不俗也难。该回头的就回头吧，在爱情里，回头上岸是福分。不要有太多期待，虽然有期待就有希望，期待里更多失望在里面。

俗人若是对爱情有所渴望的话，不妨想想凡·高的星月夜画作，那是一场色彩绚烂的梦幻，带给人生无限的憧憬和想象。看看现实里的凡·高，穷困潦倒，精神错乱，最后自杀终了一生。再想想大作家毛姆，他告诉我们要经常渴望遥不可及的月亮，但是手里紧攥不舍得那个六便士，暴露了你就是个俗人。

把一束玫瑰花冷冻在你的坟墓

雪花，没理会春风；

肆意地纷飞，倔强地飘洒。

银色，是俏，也是孝；

诗意的浪漫，肃穆的嫣然。

不说话，静静地，悄悄地；

冥想着过往，眼睛里，心里都是雪花。

情人节的花好贵；

我选了白色的，黄色的，还有青色叶子。

用报纸做衬底，日期是二月十四日的。

你说，用不着，要买就买那容易点燃的；

照亮前方的路，坑坑洼洼，不好走；

你说，你的脚小，腿上还有伤疤。

情人节的花好贵；

我选了红色的，白色的，还有星星草。

用彩纸做衬底，日期是二月十四日的。

你说，偏要这，今天就喜欢鲜花的味道；

芳香着一路温情，枯萎凋谢，要呵护；

你说，最怕孤单，牵着手就是幸福。

今年春来早，我以为很快就会鲜花盛开；

你我相约，等花开了。

去花园，去湖边，回老家看看土房子；

树叶开始变绿，麦苗开始泛青。

你说，我怕等不及，没有耐心了。

今年春来早，我以为很快会鲜花盛开；

你我相约，等花开了。

去踏青，去郊游，去虹鳟沟住两天；

河水开始流淌，青苔开始变绿。

你说，我怕等不及，没有耐心了。

是谁替换了床头的照片，这张不是我照的；

颜色太素，构图不完美。

给你拍了这么多照片，为何不挑选一张；

湖边的，田地里，屋门外的；

戴帽子，红围巾，新衣服的；

举起相机，你就会马上报以微笑；

你说，你最会照相了。

你还说，这张照片不是我选的。

是谁替换了你的头像，这张不是我照的；

角度不对，修片太明显。

给你拍了这么多照片，为何不挑选一张；

郊区的，云南的，还有西藏的；

雪地里，蓝天下，湖泊边的；

举起相机，你就会马上摆好姿势；

你说，你最会照相了。

你还说，这张照片不是我选的。

雪花，没理会春风；

该走的都走了，选择了情人节的夜里。

一个去了天上，一个仍然在地上。

雪花，肆意地飘洒，化作白发，还有泪花。

今夜，我把一束玫瑰冻进坟墓里；

望着头顶的星星，不再说话。

清明祭

每年的今天，都会想起这首诗。

清明时节雨纷纷，

路上行人欲断魂。

列车向着家的方向奔跑，像个在外疯玩了一天的孩子，急匆匆的样子。窗外细雨蒙蒙，油菜花一片片点缀在墨绿的梯田上，像黄色的菊花，祭奠着青山。四月的清明，青草依依，繁花满目，心情却如这天气，衬托着节日。

昨夜无梦，近几日，故去的亲人也没有托梦嘱我。丰衣足食的今天，想必另一个世界更好，并不希望我们去打扰他们悠闲的生活了。

节日，是祭，更是忆。平日忙碌，俗事满满，也只有这个节日，才能想起故去的他们，故去的记忆，故去的青春。

小时候跟着谁长大，这一生就和谁最亲。带我长大的爷爷奶奶，已故去三十多年，那成片的亲情，早已散落进泥土里，村头田地里，青冢上的柳树也有碗口粗了。千里之外，能看到它随风摇摆，是招手，是再见，是牵挂，是思念。这么多年，树一直矗立在那里，虽记忆变得模糊，而根却扎在心里，一起随风摇动。

小时候，成了遥远的过去。村子，早已不是原来的模样，如今都封存在照片里，相册里。如贺知章的《回乡偶书》所说，少小离家老大回，乡音无改鬓毛衰。这些年，偶尔回去一趟。儿童相见不相识，笑问客从何处来。

邻里那些长辈，纷纷老去，回去一次总有人不在了，旧址上盖了新房。昔日的孩童们都已经结婚生子了。聊起过去的故事，他们摇摇头，并不知道。

一起背书包上学的邻居，同龄同班同桌。每每想起他，和鲁迅眼中的闰土一样，那个少年的他，那些追逐打闹去学校的往事，历历在目。可是，上次回去，却听说，他被一场痨病带走了，留下了孤儿寡母。清明，故乡的记忆里，都是离别。

其实，离别的不单单是亲人，还有青春。年龄虽有各段的好，却总忍不住去回忆过往，尤其是那些青春烂漫的日子。

昨日，中学母校为庆祝建校七十周年，发布通知，让回忆在学校期间的往事。一下子就跳出来许多的回忆，二三十年过去，那些一起爬楼夜读，小树林里初恋，竟然细节都能记得起。小时候真傻，竟然盼着长大。这句话，算是慢慢地理解了。后来听说，有些同龄的同学，或意外或病痛，着急地先上路了，田地里堆起了新的土包，插在土里的柳木开始发芽。清明的节日，祭奠那些逝去的青春。

列车疾驰在铁轨上，开始怀念那时的绿皮火车。慢悠悠向前，咣当咣当的声响伴着旅程。到一站休息一会儿，到处都是欢声笑语。而如今，太快了，快得没时间驻足。列车停站，下来抽根烟，却被列车员呵斥声赶回来。心有不甘，却也无奈，心里好想留下，走到哪算哪。可是此时，耳边又响起了下半句。

借问酒家何处有

牧童遥指杏花村？

窗外，青草依依，细雨蒙蒙。远处，白墙青瓦，不知是谁的村子，酒家在何处。

给大学生的建议

高铁上，邻座是一名学生，二十岁左右的样子一直在埋头写作业，内容是关于逻辑学方面的。因家里也有一个年纪相仿的学生，便细问交谈，得知是在中央财经大学国际贸易的大学生。交流中发现，她性格开朗，知识面广阔，在北京这两年，听讲座，进图书馆，转博物馆，学习了不少知识，视野也很开阔。父母是小城市钢铁厂的管理人员，对自己没有太多溺爱，尊重自己的选择。她对未来也有较清晰的规划，考国内的研究生，偏向金融风险管理方向，毕业后想去青岛等沿海城市发展生活，大学生眼睛里透露着少有的坚定和自信，说话声音不大，但条理清楚，目标坚定。

由此我想到，一个大学生如何面对即将开启的人生，如何认识和修炼正确的三观，都是比较重要的事情。

十八岁是区分成年人的界限，十八岁不代表成熟，而是可以负法律责任，表明应该具备独立判断是非曲直的能力了。十八岁之前，不完全具备民事能力，需要父母或亲人的帮助和建议，十八年的积累，多数人是应该有自理生活的能力，大学生更应该如此。

上大学的目的是什么？目标是什么？我认为，人生每个阶段都要有清晰的目标，或者暂时不清楚而不断思考后，逐渐清晰的目标。当然，任何时候都有浑浑噩噩的人，稀里糊涂地瞎过着。上大学的目的，是接受更高层级的教育，让自己的知识层面在某一方面奠定坚实的基础，就是你所学的专业，为未来就业发展打下地基。大学有可能是一个人最后的学生时光，相对宽松的学习环境，让你去阅读更多书籍，听更多讲座，了解成功人士的经验，积淀好起步的垫脚石。大学的大门是敞开的，有的学校没有围墙，是向社会开放的，区别于高中时封闭的环境。目的是让大学生可以接触社会，尝试社会人的生活，可以参加社团，可以聚会，可以实习打工，可以做生意，也可以恋爱，甚至结婚。大学生活是踏入社会的过渡期。

但是，上大学仍然是上学，不要本末倒置，更不要舍本求末。上大学仍然是学业为主，其他的都是副业，人的精力有限，副业不是必需品。学历很重要，它是敲门砖，它在一定程度上代表了你的知识和能力。未来会影响你一辈子，北大清华毕业的学生，多数人是拥有好的工作和好的生活，我说的是多数人，也有卖猪肉的，但是你发现他卖猪肉也很厉害。差的学校，学生整体的素质就会差一些，也不绝对，但是整体的知识基础还有能力方面和名校是有明显差别的，所以就业时，学校差的学生机会就少了许多，好似不公平，其实也公平。所以许多人通过继续学习，改变自己的不利局面，赢得人生起步阶段和别人在同一起跑线上。考研、考证书就是一条道路，并非所有人如愿，而是看个人的努力程度和付出的汗水决定的。也许这是学生时代最后一次选择，失去就不会再来。

大学生的生活与社会挨得近了许多，社会上的不良习气就容易传染到学校。我曾纳闷为何不良的东西比正能量的东西传播得快呢？后来发现，不良的东西更贴近人性，容易侵蚀不成熟的人群。比如艾滋病的传播，大学生的比例占比之高，令人咋舌。尤其是同性传播，更是吓人。在成人社会里，只有少部分职业和不正常的人群，才会有艾滋病传播的条件，多数正常人是可以避开的。但是大学生却不懂得，思想不成熟，爱尝试，懵懂傻愣是主因，尤其是三观不正，又没接受良好家庭教育的孩子，把好奇当创新，把青春美好毁于猎奇，一把好牌打烂，自己毁了一生。

关于虚荣，有点虚荣心是可以激励人进步的。但是过于虚荣，就会令人耻笑，犹如皇帝的新装，只有自己不知道，别人看你都是裸露的。虚荣往往通过奇装异服，过度的化妆，过分的炫耀等方式来掩盖自己内心的不足，从而自我感觉良好，并希望获得别人的认同和羡慕，填补自己的真实缺陷，这就是虚荣。人往往喜欢展示自己不具备的东西，希望别人认为自己拥有，越缺什么越显摆什么。天生丽质的人总是素颜见人，出身高贵的人总是谦逊待人。社会上，穿金戴银的往往都不是富人，穿名牌戴名表的也不是贵族。真正拥有能力、知识、财富的人，从不用外表的华丽来展示，而是用内涵、修养、风度示人。这种观念，不是学生能一时学到的，而应该有这种意识。每个人都应该给自己定好位，学生要有学生的样子，现在还不能自食其力，在父母提供的环境下，哪些是自己应该做的，自己要有数才对。当你再增加几岁的年龄，就会发现，多数父母的思想其实是对的，因为他们经历过，只是你还没有经历，没看懂而已。这段的意思是，要修炼正确的三观。

关于爱情，要重视但是不要太在意。初恋是美好的，也是苦涩的，因为你不知道下一个是不是更好，也许错过了就是一生。人无完人，你最初接触的她或他，和交往后的人往往不一样，这也是正常的，和你一样，最开始都把自己的缺点遮盖起来，展示的是自己最好的一面，而时间是个削皮刀，会一层层剥开，露出有虫眼的地方，而且虫眼很多。要记住人无完人，优点突出的人缺点也会突出，还是要看品德和三观，这是能力的基础。关键是要找到那个对的人，适合自己的就是对的，怎么才是适合自己？每个人心中都有一杆秤，砝码不一样。你感觉太虚伪太虚假，你抓不住的东西，就是不适合，让你心里有踏实感，虽然有不足，但是多数是好的，就能认可，这就是适合。比如，鹿晗都看着好，但是那是关晓彤的，你根本抓不住，无论他再好，也不是你适合的。爱情可以谈，但是不宜太多，要认真对待每一段，珍惜每个人，多了也就挑花眼了，往往选择的不是最好的，而是那个迷惑性最大的。

就说这么多吧，庸人自扰之。

以梦为马，不负韶华，执仁信走天涯

不惑之年成了多数男人事业的分水岭，在不知不觉中就冒出了寻求安稳的心态，不再愿意冒风险去打破那份舒适，也不想撒手丢掉已经拥有的东西，总希望未来的道路能够一路坦途，这也许是大多数平凡人的选择吧。

然而，有的人却不甘平凡，主动放弃令人羡慕的职位和舒适的生活，选择了逆风飞舞，拥抱风雨飘摇；能够主动调转人生的方向盘，去迎接新的挑战，这究竟是一种什么样的情怀和驱动力？带着这些疑惑，记者走进了山东星睿智能科技有限公司总经理李东的办公室。

第一次见到李东，便被他独有的气质所吸引，西装革履，中等身材，脸上架着一副金丝眼镜，举止文雅且谦逊有礼，言谈中带着刚毅和自信，显现了一名成熟中年男人的魅力。来公司参观的人很多，他把记者带到一间招待客人的茶室，并交代办公室人员泡好茶水，让记者喝着茶等他一会儿，他要去带着客人参观展览室。恰巧在茶室有一位姓王的客人也在等待李东，李东介绍这是他的高中同学，于是，两人边喝茶边聊天，记者也借机了解同学心目中的李东是什么样子。

曾经年少爱追梦，一心只想往前飞。李东虽生长在农村，但是他的村就在县城的所在地，属于城中村，家境也比较富裕。上高中时，多数同学来自乡下的农村，在他们看来，李东属于城里人。但是李东并没有城里人的那种娇气和傲气，对同学一视同仁，骨子里又充满了豪气，因此大家都喜欢和他在一起玩。李东平日里也经常带着同学去家里吃饭、住宿，他的父母为人和善，对待他的同学也不当外人，家里有什么就一起吃什么，于是，他的家后来就成了同学们改善伙食的聚集点。那时候，家境贫寒的同学生活费断供也是常有之事，靠相互之间借钱周转度过拮据的日子，过去的年代，家家都不宽松。而到李东这里借钱似乎容易许多，且从不催收。据王同学介绍，上学期间，来自农村的同学没吃住过李东家的，用一只手的手指头都能数出来。因此，宅心仁厚是李东从小养成的品德，和他长期交往的人都知道，脾气好，为人豪爽是他的个性，这也是他坚守的做人准则。即使大学毕业上班以后，无论是在当地工作的同学，还是在天南地北的外地同学，提起李东的品德无不交口称赞，只要回到济阳都习惯性地去找他，而他也一如既往地去帮助大家做好每件事，从来不曾改变。

行过千山万水，才明白自己最真的梦。正当记者和王同学聊得起劲的时候，李东走了进来。见到大家，李东连说着抱歉，并拿起茶壶亲手为大家倒茶，举手投足之间，还能隐约看出他长期在事业单位养成的严谨、从容的好习惯。当年，李东大学毕业，在县城里找到一份在事业单位上班的工作，这份工作让许多人羡慕。李东做事认真，又为人低调，乐善好施。做基层设计师的工作，为了追赶工期，经常加班到深夜，但是他从不叫苦叫累，工作和为人得到了领导和同事们的一致好评，因此在单位内进步也是最快的，三十多岁便成为这家事业单位的班子成员。然而，当他事业如日中天的时候，他却选择了急流勇退，辞去事业单位的领导职务，选择了创业这条艰难之路，他选择的是在一个新兴行业内，闯出一片属于自己的天地。经过几年的打拼，他创建的公司在智能家居行业已经声名鹊起，资产规模也日益壮大，企业被经营得红红火火。当记者问起李东为何从事业单位辞职而做辛苦的企业家，究竟是为了钱？还是为了名声？他却这样回答，"县城并不大，在事业单位工作，做到一官半职，名声早就有了；而对于钱，够花就行，我从小就信奉'达则兼济天下，穷则独善其身'的理念，对钱财并没有特别的追求，这点王同学可以佐证。"记者点头认可他的观点，但是仍然不理解他转换方向的初衷，李东接着又解释，"可能是一种情怀吧，小时候认为男人应该去实现两个梦想，一个是当兵，保家卫国；另一个是创业，报国安邦。第一个梦想没实现，后悔了半辈子，第二个愿望若是再不实现，则会抱憾后半生。在事业单位多年，虽然也得到了许多，但依然没找到自己最真的梦想，现在才知道，做企业才是我真正追逐的梦。"在一边倾听的王同学情不自禁地冲李东伸了伸大拇指，说："古代有班超投笔从戎，主动到边疆卫国立功；近代有鲁迅弃医从文，用文学开启民智。你是不是也有这种情怀？"李东连忙摆摆手，说："我哪有这么崇高的理想啊，其实，事业单位也是个很好的平台，领导同事们对我都很不错，这个平台帮我在建筑、设计、建材、家居、智能科技、自动化等方面，积累了广博的人脉，设计管理工作给我奠定了坚实的专业基础，我非常感恩单位的培养。但是囿于体制内的种种限制，许多想法还是没办法实现的。尤其是面对智慧城市快速发展带来的机遇，这么广阔的市场，需要有人去接受这个挑战，于是就出来了。"记者注意到，李东在说这些话的时候，虽然慢条斯理，但眼神是坚毅的，话语里透着满满的自信。

昨天所有的荣誉都变成遥远的记忆，人生只不过从头再来。经历过风雨饱食沧桑的人，在未知的日子里才会更加自信和从容。创业是一项充满激情的挑战，也是一种有胆量的冒险，企业的起步期更是如此，尤其是从0到1的阶段，有多少人折戟沉沙，有多少人泪洒疆场。然而，李东所带领的山东星睿智能科技公司却犹如智能行业的一匹"黑马"，在高手林立的竞争中能够脱颖而出，离不开公司负责人李东独有的企业家特质，他拥有过人的胆识，聚人识人的能力，还有专业领先的技术。当记者问起公司的核心竞争力是什么，李东颇为自信的回答："品德和团队的专注力！"他认为一个公司的企业文化和性格一样，若想走得长久就必须建立口碑，而口碑是品德的外在体现。智能家居行业属于新兴产业，科技含量、产品质量参差不齐，外行人根本看不清楚，而做产品和做人是一致的，需要专业的人用高尚的品德才能做出品牌。公司的产品研销团队的每位工程师，也是李东亲自挑选的，团队的专业就是公司的生命，而团队的专注力则是成为专家的基础。李东认为，公司近几年的快速发展，能够成为行业内的标杆和典范，这都得益于公司坚守的品德还有专业化的队伍。

心若在梦就在，天地之间有真爱。采访临近结束的时候，李东带领记者参观了他的科技体验馆，面对着一件件高科技组合的智能产品，李东慷慨激昂地展示了未来智慧城市的宏伟蓝图，通过专业的系统将信息化、数字化、物联化、智能化、集成化的科技链接为一体，对城市与社会服务资源进行全面整合和充分利用，完美的智能设计和时尚的产品打动了在场的所有人。山东星睿智能科技作为首家将智慧城市和智能家居引入济阳的企业，无论在管理理念还是专业技术方面，已经在新兴产业领域起到了领头雁的作用。济阳作为省会新旧动能转换的先行区，智慧城市的建设已经开始起步，而在国际上早已成熟的智能家居行业能够快速地融入其中，也必将是未来的发展趋势。

看成败人生豪迈，只不过是从头再来。记者离开公司大楼，电梯间传出悦耳的音乐声，那是著名歌手刘欢的《从头再来》，心若在梦就在，天地之间还有真爱。心若在梦就在，人生只不过从头再来！此次对李东先生的采访，让记者颇感震撼。他带领的智能家居行业不但会带动一个新兴产业的崛起，还能带来人们对新生活、新时尚的追求。而一个好的企业，不但能造福大众，还凝结出许多的人生真谛，鼓舞一群人去追求梦想，向往美好生活，人生只有不断突破自我，才能够拥有一个绚丽的人生。

关于"晋升"那些事儿

　　大中型企业每年都会选拔优秀人才进行"晋升"活动，这是企业人力资源管理的关键措施，也是每位员工生涯规划的重要节点。然而，每次的"晋升"活动，总是要落得"几家欢喜几家愁"的结局，"晋升"者志得意满，举杯欢庆；失意者则神情沮丧，垂头丧气；轻者引起牢骚满腹，消极怠工，重者引起赌气跳槽，人才流失。企业定期举办"晋升"活动，目的是给优秀者舞台，树立导向，鼓舞人心；有时候却把好事变成坏事，不但起不到积极作用，反而助长不正之风，这也是企业管理的大忌。

　　首先，选拔"标准"很重要，人力资源部门会根据级别分业绩达成、任职年限、年终评级、360度评价、特殊晋升标准等列出评分，进行粗选，然后按照级别晋升比例，管理职级的人数限定等标准再细筛，对于特殊情况不符合标准并且要"晋升"的要进行书面说明，并且公示结果。最后确定"晋升"名额，交管理层审议后公布结果。这是正规企业的正常的评选流程，非正规的企业则是领导直接拍板，暂且不论。即使有了正规"标准"但是容易产生分歧的地方也比较多，尤其是一些不好量化的标准，所以执行标准只是重要的参考依据，并非全部。

其次，企业文化价值导向也是"标准"，如IT行业倡导创新、自主，政府单位以严谨、规范，部队企业以执行、服从为价值导向。另外，企业领导的价值导向也是"标准"，若是企业文化和领导价值观倡导团队协作精神，那些特立独行、自由散漫的人即使有一定的专业能力，也会在评选标准时打折扣，那些符合价值观的人则会增加机会。反之亦然，这也是许多不得志人士的痛点，自己不愿意调整或者无法调整自己的价值观与企业同行，并期盼企业或者领导改变适应自己，这也是彼此痛苦之处。

除以上"标准"外，事实上，为人处世标准也是重要的"标准"之一，销售序列以业绩为导向的评选相对容易，以业绩论英雄，好坏用数字就能评价。而对于后线的岗位来说，无法量化的指标很多，多数则需要综合性评价；因为每个岗位的分工不同，专业能力、业绩评判标准也不一致，但是工作态度、工作效率，同事关系、处事能力等都会在日常工作中体现出来，在360度考核中也会有具体体现，领导认同，群众不一定满意；群众认同的，领导觉得不符合，这也是影响打分的重要因素。

综上所述，是否符合前面的标准，有硬性指标也有软性指标，硬性指标是及格线，软性指标是加分项，两项指标的合计才是决定员工是否优秀的标准。

再谈一下，如何正确认识"晋升"这件事。

不符合"晋升"的硬性条件，如任职年限、学历等，就需要耐心等候并利用这段时间去补齐短板才是最佳选择。因为每个企业都有晋升的标准，追求进步是一种积极表现，但是要尊重标准。若是都符合条件，因比例问题"落选"，则更要去反思自己与"晋升"人员的差距，是软性标准方面的差距，还是自己的日常自我约束不足导致，一定要分析出自己的真正不足，去改进和弥补，力争在下次的机会中能够胜出。

请记住，你的竞争对手不是同事，而是你自己。工作时间超过三个月，你的工作能力、专业水平、工作态度、处事能力都会在领导和同事眼中一览无余，无须遮掩，也无处躲藏。机会留给有准备的人，准备不是临时抱佛脚，而是日常的积累，当"晋升"机会来临时，自然就会找到你。同事之间有竞争，是在水平相当的情况下，或者是此机会不比拼能力的状况下才会存在，否则，没有可比性，最重要的是自己有没有能力去承接这个机会。

我们往往看到不如自己的人"晋升"，是因为喜欢看别人的缺点，忽略了比自己晋升快的人的优点。看谁都不如自己，这是自恋，也是一种工作的病态。有时候别人看自己，比自己看自己更准确，自己的缺点别人看得更清楚，自恋的人往往看不到自己缺点的。市场缺乏人才，是金子就会发光，若是连续不发光，一定不是金子，或者你自己是一块土块，不能怪罪于别人不识货，一个人不识货还有可能，若连续多年不被发现，则要重新审视自己。

人生需要沉淀，前面走得快了，后面就会慢下脚步。"彼得原理"提醒我们要时刻注意学习和自我认知，否则"晋升"就是个陷阱。"晋升"是事业行驶列车中的一个小站，未来的路途中会有多次停靠，能否上车最终看自己是否准备得充分。

泊

姑苏春来早，一夜绿江南。

惊蛰一过，万物复苏。漫步在苏州园区的金鸡湖畔，春风随意揉搓着脸颊，久违的舒服。深深吸一口春的气息，人就陶醉了。

三毛说，来生做一棵树，站成永恒。一半在风里飞扬，一半沐浴阳光。前面不远处，好像就是传说中的"一棵树"，据说这棵树是苏州最浪漫的树，也是最孤独的树。转过弯，就看到了它，湖边的草地上，就一棵，静静地矗立在那里。确实，因为这棵树，而让这边风景独好。它静静地立在那里，却并不孤独。眼前绿波荡漾，脚下青草依依，五彩帐篷，青青的草甸上，四处孩童欢笑，狗儿撒欢地跑。抬头纸鸢满天，放飞着青春的梦想。

我，一个人，静静地驻足，静静地路过。转身，准备悄悄地离开。再回头看那棵树，又有些不舍。

再转身，却无意中看到了马路对面有一个白底黑字的"泊"字，此刻，我立在原地，竟被这个字击了一下，深深地被吸引，情不自禁地抬起了脚步。

名字实在太好。淡泊明志，宁静致远。"泊"在这里，静好，细细琢磨，心里莫名地喜欢。泊，是停靠。走得累了，在这里休憩一会儿。泊，是一湾静水。心如止水，洁白无瑕，不起波澜。这个地方，最适合"泊"。环顾四周，金鸡湖畔，月亮湾旁，还有"一棵树"。

我心想，"泊"若是一家咖啡馆就太棒了，品茗赏景，闭目养神，岂不美哉。又一想，不！最好是一家酒吧，夜色阑珊，酒色微醺，定是别样风情。

走到了"泊"的面前，乳白色的墙体上镶嵌了一块方正的标牌，白底黑字颜体的"泊"字十分醒目，旁边是一行英文字母。哇！竟然是COFFEE& BAR!

门外的桌椅，历经过风雨的防腐木，更彰显着材质。桌上摆放着墨绿色的玻璃瓶，鲜花是刚插进去的，花瓣上有晶莹的水珠。推开玻璃门，浓浓的咖啡香飘来，浸入脾肺，让人浑身酥软。店面并不大，仅有十几平方米，白色调为主，素色小桌椅镶嵌在墙边。咖啡台连着玻璃柜台，琳琅满目的各色糕点，在灯光下灼灼其华。柜台里面的墙壁上，嵌了显示屏，屏幕上播放着咖啡豆和牛奶的产地。这里的咖啡原料，竟然都是来自国外最好的产区。咖啡店的面积虽然不大，装饰得浑然天成，倒是不显拥挤，反而给人一些简约、素雅、别致的感觉。

吧台后面的姑娘，身材曲致，面容姣好，轻柔的笑意始终在脸上。咖啡单上，陈列着他们的作品，燕麦拿铁、气泡美式、卡布奇诺，牙买加的蓝山庄园咖啡、埃塞俄比亚原生瑰夏都有。店面很贵气，价格却平民。姑娘笑着说，老板就是这样定位的，最好的不一定是最贵的。

"酒吧呢？"我不解地问。

姑娘笑着从吧台后面走出，清风里带出淡淡的香味。

"先生，酒吧到晚上才开放。我带您先参观一下，这边请。"

在咖啡馆的靠里一些，墙上竟然有个暗门，姑娘轻轻按钮，门徐徐打开。灯光突闪，眼前豁然开朗，里面竟然别有洞天。从外面的素色清新，突然就进入到富丽华贵的世界里。

偌大的圆形灯光下摆放着五光十色的酒瓶，展示在两层楼的墙体上，大气中拥融着贵奢。一排排晶莹剔透的江户切子杯，无声地排列在吧台上，像守护的卫兵。灯光投射到酒柜上那高低不一的酒瓶，清酒、洋酒一应俱全，隐约看到山崎尊重酒造，还有纳帕与勃艮第红色碰撞，虽然我不太懂酒，但是我猜想，这里一定是爱酒者的驻地，识酒者的家园。松软的座椅、精美的餐具、雅致的酒单……夜幕降临，音乐响起，帅气的调酒师，婀娜的女郎，端着红蓝交错的鸡尾酒，忽而窃声私语，忽而爽朗开怀。若不是一旁的姑娘提醒我，白天酒吧不营业，我依然坐在软椅上，遐想着夜晚的来临，久久不想离开。

"泊"在湖畔，静观风景，沉思过往，给心一个港湾。"泊"在湾旁，酌酒怡情，忘记繁乱，给身一个张扬。

泊，是动静的有机结合，是简奢的从容过渡。也许是它的随意，无意中打动了有意的你；也许是有意的它，在随意中融化了无意的你。

泊，你确实是打动了我。

泊，你等着，我就来。